Gustav Adolf Fricke

De mente dogmatica loci Paulini ad Rom. 5, 12 sq. Denuo et emendatius expressum

Antigonos

Gustav Adolf Fricke

De mente dogmatica loci Paulini ad Rom. 5, 12 sq. Denuo et emendatius expressum

Unveränderter Nachdruck der Originalausgabe von 1880.

1. Auflage 2024 | ISBN: 978-3-38690-009-6

Antigonos Verlag ist ein Imprint der Outlook Verlagsgesellschaft mbH.

Verlag: Outlook Verlag GmbH, Zeilweg 44, 60439 Frankfurt, Deutschland
Vertretungsberechtigt: E. Roepke, Zeilweg 44, 60439 Frankfurt, Deutschland
Druck: Libri Plureos GmbH, Friedensallee 273, 22763 Hamburg, Deutschland

DE

MENTE DOGMATICA LOCI PAULINI

AD ROM. 5, 12 sq.

SCRIPSIT

D. GUSTAVUS ADOLFUS FRICKE

PROFESSOR LIPSIENSIS.

DENUO ET EMENDATIUS TYPIS EXPRESSUM.

LIPSIAE

J. C. HINRICHS

MDCCCLXXX.

Praefatio.

Dissertatio de loco nobilissimo ad Rom. 5, 12. sq., quam anno 1872 ex decani scripsi officio, tam saepe tamque enixe a me est requisita, ut eis tandem non amplius possem deesse, qui quod unum mihi reliquum erat exemplar, a me peterent, ut iterum typis describendum curarent. Quod quum fieret, melius duxi, opusculum omnino jam facere juris publici. Sunt quidem hodie pauciores, qui libenter legant latina. Nec vero desunt; nec quaestio est solorum Germanorum. Mutavi pauca, nec enim habui magnopere, quae mutanda esse viderentur. Fortasse nunc sunt, qui melius quid nobis impertiant. Quod viderim de dissertatione priore vice typis impressa nec vero tunc foras data, nemo quisquam scripsit accuratius praeter Lemmium in „Jahrbb. für deutsche Theologie" 1873, p. 679—84. Cui non possum quin gratias hic quoque agam maximas. Atqui multi suo tempore mecum communicaverunt epistulas, quibus mihi vel adstipularentur vel adversarentur. Inter quos duorum tantum hic liceat injicere mentionem tum propter virorum sententiarumque gravitatem tum propter dolorem, quod morte jam nobis erepti sunt, Hofmannum dico Erlangensem et Meyerum Hannoveranum. Nihil dubito, quin mortui vivo hanc epistularum suarum cum aliis communicationem fuissent concessuri. Nam multi sunt, quibus non minus quam mihimet ipsi fere omnia magno sunt pretio, quae ex illorum vita nobis sunt reliqua.

Hofmannus, vir egregius, scribit ita et propter rem ipsam pauca inter [ ] hic interpono:

Erlangen, den 1. November 1872.

Hochverehrter Herr College!

Für Ihre freundliche Zusendung besten Dank! Ich habe die inhalt-
reiche Abhandlung sogleich gelesen, kann aber jetzt nur in Bezug auf
einige Hauptpunkte sagen, weshalb ich Ihnen nicht beistimmen kann.

Dass $\nu\tilde{\nu}\nu$ der Anschliessungspunkt sei für $\delta\iota\grave{\alpha}\ \tau o\tilde{\nu}\tau o$ und der Nach-
satz zu $\H{\omega}\sigma\pi\varepsilon\varrho$ in $\nu\tilde{\nu}\nu\ \grave{\varepsilon}\lambda\acute{\alpha}\beta o\mu\varepsilon\nu\ \tau\grave{\eta}\nu\ \varkappa\alpha\tau\alpha\lambda\lambda\alpha\gamma\acute{\eta}\nu$ liege, verträgt sich,
scheint mir, nicht mit einander. Das Letztere wäre nur möglich, wenn
$\delta\iota\grave{\alpha}\ \tau o\tilde{\nu}\tau o$ nicht stände [ist p. 4 sq. eingehend erwogen und abgelehnt].
Ferner wenn es sich in der Vergleichung um den Gegensatz von Tod
und Leben handelt, kann $\nu\tilde{\nu}\nu\ \grave{\varepsilon}\lambda\acute{\alpha}\beta o\mu\varepsilon\nu\ \tau\grave{\eta}\nu\ \varkappa\alpha\tau\alpha\lambda\lambda\alpha\gamma\acute{\eta}\nu$ nicht als der
Nachsatz zu $\H{\omega}\sigma\pi\varepsilon\varrho$ gedacht seyn, da Versöhnung und Leben so aus-
einanderliegen wie Vorgängiges und Nachfolgendes. [Aber wo Ersteres,
ist nothwendig auch das Zweite, die Abhandlung antwortet eingehend.]
Sodann scheint mir unmöglich, dürfte auch beispiellos seyn, dass
$o\H{\nu}\tau\omega\varsigma$ zugleich vorwärts und rückwärts weise. [Nicht unrichtig, aber p. 7
ist wiederholt durch gesperrte Schrift hervorgehoben gewesen, dass $o\H{\nu}\tau\omega\varsigma$
g r a m m a t i s c h n u r v o r w ä r t s bezogen werden soll.] Sie lassen dem
$\pi\acute{\alpha}\nu\tau\varepsilon\varsigma\ \H{\eta}\mu\alpha\varrho\tau o\nu$ die $\pi\acute{\iota}\sigma\tau\iota\varsigma\ \varepsilon\grave{\iota}\varsigma\ X\varrho\iota\sigma\tau\acute{o}\nu$ gegenüberstehen. Aber von
letzterer ist in dem ganzen Abschnitte keine Rede, und so hätte auch
$\pi\acute{\alpha}\nu\tau\varepsilon\varsigma\ \H{\eta}\mu\alpha\varrho\tau o\nu$ keine Statt, wenn es so gemeint wäre, wie Sie es
verstehen. [Darauf ist im Programm eingehend geantwortet; es gälte
das nur, wenn der Satz ein Hauptsatz wäre, was er eben n i c h t ist.]
Desgleichen wäre $o\H{\nu}\tau\omega\varsigma$ irreführend, wenn Ihre Auffassung des
$\pi\acute{\alpha}\nu\tau\varepsilon\varsigma\ \H{\eta}\mu\alpha\varrho\tau o\nu$ richtig wäre. [Umgekehrt, es empfängt und giebt erst
so sein Licht, wie die Erörterung unten den Nachweis versucht.]
Endlich wenn V. 13—14. beweist, dass wir Adam's wegen sterben,
so kann kein $\pi\acute{\alpha}\nu\tau\varepsilon\varsigma\ \H{\eta}\mu\alpha\varrho\tau o\nu$ im Sinne Ihrer Auffassung vorhergegangen
seyn. [Dann wäre auch der Unterschied unzulässig, dass wir das Leben
nicht empfangen p r o p t e r fidem, aber wohl p e r fidem, vgl. zur Stelle.]
Doch ich muss mich auf dies Wenige beschränken. Nehmen Sie
es freundlich auf und bewahren Sie ein gütiges Wohlwollen

Ihrem

hochachtungsvollst ergebenen

Hofmann.

V

Vir praeclarus profecto eas fere res tetigit, in quibus potissimum rei vertitur cardo. Judicium est apud alios.

Meyerus tandem, vir eximius, adversus quem post Hofmannum imprimis haec mea dissertatio scripta erat, qua fuit humanitate ita ad me scripsit*):

Verehrtester Herr Professor!

Durch die überaus gütige Mittheilung Ihres gelehrten, gründlichen und scharfsinnigen Programms über Rom. 5, 12 ff. haben Sie mir eine grosse aufrichtige Freude gemacht. Es wird mir von besonderem Interesse sein, nachdem ich es gleich nach Empfang im Allgemeinen durchgegangen, nun auch dem Einzelnen eine sorgfältige Erwägung zu widmen, und ich zweifle nicht, dass mir auch eine solche näher prüfende Beschäftigung damit ebenso anziehend wie belehrend sein werde. Genehmigen Sie für die treffliche und reichhaltige Gabe, mit welcher Sie mich beehrt haben, meinen recht innigen und angelegentlichen Dank, der um so lebhafter ist, je theilnehmender ich, seitdem Sie mir einst die Freude Ihrer persönlichen Bekanntschaft gewährten, Ihre theologischen literarischen Arbeiten hochzuachten nicht unterlassen habe. Die klar und ruhig in die Probleme eindringende, mit solider Gelehrsamkeit reich ausgestattete Forschung, wie sie sich in Ihrem Festprogramm darstellt, ohne das verdeckende Phrasenwesen der Zeit, ehrlich und einfach — wie selten begegnet sie uns auch aus academischen Werkstätten theologischer Wissenschaft! Mit der Bezeugung meines Dankes aber kann ich nur die Aeusserung des lebendigen Bedauerns verbinden, dass nicht entweder Ihre Schrift früher oder die neue Auflage meines Römerbriefs später erscheinen konnte, dass also unter dem Vielfachen, was ich bei der schwierigen Stelle zu beachten hatte, Ihre treffliche. Erklärungsarbeit nicht ist. Sollte meinem Kommentare des Briefs noch eine neue Auflage beschieden sein: so werde ich sie wohl nicht mehr erleben Ich vollende bald mein 73. Lebensjahr und fühle täglich, dass sich mein Abend dem Untergange neigt. Vielleicht bietet sich mir bei der Bearbeitung eines andern Theils des N. T.

---

*) Haesitavi equidem diutius, an haec quoque epistula typis esset tradenda propter laudes, quas in scriptionem meam confert. Sed si Hofmanni, etiam Meyeri judicium fuit afferendum, non propter laudem, quae fere est nulla, nam rem procrastinat, sed propter judicium generale de germana arte exegetica.

eine Gelegenheit dar, von Ihrem Programm Gebrauch für die Oeffentlichkeit zu machen, und ich würde gern und dankbar eine solche Veranlassung benutzen.

Gott sei mit Ihnen und segne reichlich Ihr treues Arbeiten im Dienste des reinen klaren Schriftverständnisses, welches doch endlich die trüben Wetterwolken der zerrissenen Gegenwart durchdringen und zerstreuen muss.

Für mich habe ich nur noch die herzliche Bitte an Sie, mir auch fernerhin eine freundliche Erinnerung zu schenken und mir die vielfache Nachsicht, deren ich zu bedürfen gewiss bin, nicht zu versagen.

In vorzüglicher Verehrung verharre ich

Hannover,   der Ihrige

1. Nov. 1872.   **Meyer.**

Memoria eximiorum horum virorum nullo unquam obruetur tempore. Ego vero infitias non eo, vix quidquam magis me dolere quam hoc, quod Meyerus, cui cum Winero et Angero historice-grammatice plurima debeo, quemque de Novo Testamento immortaliter esse meritum judico, locum hunc longe gravissimum non potuit denuo sub judicium vocare. Est cur idem doleam de loco quem nuper tractavi: „Das exegetische Problem im Briefe Pauli an die Gal. 3, 20 ff. auf Grund von Gal. 3, 15—25 geprüft", Leipzig, Alex. Edelmann 1880. Sit igitur jam apud alios judicium, utrum nonnihil certe luminis novi hic afferatur loco, quem cum plurimis tum gravissimis circumventum esse difficultatibus nemo est vir harum rerum gnarus qui ignoret. Quaerimus, nondum invenimus.

Lipsiae, die XXVIII. mens. Febr. MDCCCLXXX.

D. Fricke.

Disseritur de mente dogmatica loci Paulini ad Rom. 5, 12 sq.

Richard Rothe, vir immortalis memoriae, quum ante hos triginta sex annos ingeniosam loci, de quo nobis est sermo, interpretationem foras daret[1]), libello ineunte eo potissimum ait se adductum esse ad hunc locum separatim tractandum, quod sententiam contineret semet ipsa circumscriptam interpretisque animum in penetralia totius doctrinae Paulinae quasi insinuaret.

Nec ego quidem sentio aliter. At enimvero haud tantum ideo, oblata hac scribendi opportunitate, hunc potissimum locum mihi denuo illustrandum sumsi. Sed quum semestri praeterlapso denuo interpretarer Pauli epistulam ad Romanos datam, ac recenti negotio pertractarem, quae recenti memoria de loco isto scripta essent, periculum mihi imminere est visum, quominus errores, qui meo judicio ipsas Pauli sententias primarias in discrimen adducerent, altiores jam agerent radices ac, nemine refragante, sensim pedetentimque invalescerent latius. Dico imprimis ea, quae Hofmannus Erlangensis, vir sagacissimus, in „Schriftbeweis“ et in libro, cui titulus inscriptus est: „Die heil. Schrift neuen Testamentes, zusammenhängend untersucht, 3. Thl. 1868, p. 182 sq., subtilissime ille quidem, ut solet, sed mea sententia speciosius quam verius de loco nobis proposito commentatus est, et vero etiam non pauca, quae e Meyeri commentariis, judicii subtilitate et cautione non minus quam artis interpretandi circumspectione diligentiaque oppido insignibus, quae viri est praestantia, summo jure per omnium fere nunc volant ora. Nec magis possum calculum meum adjicere album multis in libro enarratis, qui nunc ipsum mihi in manus venit et ceteroquin multa edisserit etiam de isto loco admodum cogitate: Dr.

---

1) Richard Rothe, neuer Versuch einer Auslegung der Paulinischen Stelle Rom. 5, 12—21. Wittenb. 1836.

Herm. Lüdemann, Lic. theol. Kilionensis, die Anthropologie des Apostels Paulus und ihre Stellung innerhalb seiner Heilslehre. Kiel 1872. impr. p. 86. sq. et p. 211. sq.

Quo pluris eos, quorum mentionem feci, atque alios duco, a quibus in loco isto interpretando non possum quin discedam, eo libentius pro loci pondere hanc scribendi arripui occasionem, ut paulo accuratius meam de loco difficillimo exponerem sententiam. Etenim quae rei est amplitudo, quaeque spatii concessi sunt angustiae, tantum abest, ut sententias eorum, qui ante me in loco illustrando sint versati, sive adstipulatus ero sive reprobavero, afferam usquequaque singillatim, ut proxime non sim conaturus nisi locum per se ipsum atque in se ipso, quoad ejus fieri potest, illustrare, aliorum autem de loco sententiarum certe ipsis verbis tum demum sim rationem ducturus, ubi clariorem inde rei lucem afferre mihi visus fuero. Dispiciant, quorum est, utrum quae mihi inde a multis annis de loco gravissimo stent pro certo, cum vero concordare atque idonea esse videantur, quae locum ipsum in clariore collocent luce, neche.

Quod autem, quamvis probe mihi sim conscius, quae rei sit difficultas certe quidem dogmatica, lingua latina potius quam patria uti malui, hoc mihi velim condonetur. Res enim eo prope jam devenit, ut lingua latina etiam in rebus doctis excusatione paene opus habeat. Atvero nolim pro temporis indole linguam aliquando inter omnes Academicam, plena jam obrui oblivione etiam ab eis, quorum est, ut plurimi ducant et tutentur fundamentum omnium germanarum doctrinarum quod dicunt classicum, praesertim in quaestionibus maximam partem exegeticis.

Versaturi autem in re sumus ita, ut primum agamus de comparationis inter Adamum et Christum institutae *causa*, tum de totius loci *progressu* interno, unde denique loci *finis summus* sponte emerget.

I. De comparationis oratione contexta.

Moris est Paulo, ut quamvis longioris orationis telam pertexuerit et quae multis exposuerit, comprehendere studeat sicuti istic in unum, nihilominus hanc ipsam argumentationis consummationem non referat ad totum, quem delineaverit, cogitatorum gyrum, sed ad ea, quae proxime praecedant. Est haec epistulae germanae, quamvis doctae et subtilis, natura atque indoles. Quotiescunque dubium est, utrum particula quaedam quae retrospiciat, orationisque progressus referendus esse videatur ad totum disquisitionis ambitum an ad versum qui antegrediatur proximum, fere nusquam non apud Paulum, re accuratius pensitata, haec posterior verborum interpretatio ea denique erit inventa, quae sola cum re conveniat. Enimvero cogitatum Paulus *e* cogitato solet cogitare.

Idem cadit in locum hunc. Paulus ipsis verbis διὰ τοῦτο comparationem inter Adamum et Christum instituendam arctissime connectit cum antegressis, et quidem secundum regulam modo allatam ac pro sententiae gravitate, cum verbis V. 11. ultimis: δι οὗ νῦν τὴν καταλλαγὴν ἐλάβομεν, quae fere totum continent Paulum totamque epistulam hucusque ad Romanos scriptam, ut (adversus Hofmannum) recte ait Philippi.

Falsi igitur sunt, qui ut Bengel, Schott (opusc. t. I. p. 318), Reiche, Rückert, Köllner alii totam disquisitionem inde a 1,17 sq. respici existimant[2]). Quid? quod ne ii quidem — ut Rothe p. 45 sq. et Hofmann „ die heil. Schrift N. T.'s" t. III. p. 182) — audiendi sunt, qui διὰ τοῦτο ad 5,1 – 11. vel — ut Fritzsche — V. 9—11. *omnino* referant, nec tantum eatenus, quatenus in verbis V. 11. ultimis (δι οὗ — ἐλάβομεν), profecto ea quae praegrediuntur, continentur et quasi in unum comprehensa sunt. Quicunque enim interiorem dictionis Paulinae contraxerit notitiam, eum vix fugerit, sexcenties Paulum sententiam ipsi gravissimam, enuntiato exprimere quod vocant *relativo* atque hac ipsa forma *relativa* totam argumentationem revocare ad id, unde vim suam traxerit sive logicam sive ethicam sive religiosam. Unde fieri assolet apud Paulum, ut haec ipsa enuntiata relativa viam muniant ad novum quiddam, quod ex eodem atque quae antea sint dicta, redundet principio. Ita istic — re proxime non examinata nisi universe — καταλλαγὴ V. 11. principium est tum εἰρήνης 5,1. tum comparationis ipsius inter Adamum et Christum institutae V. 12—19., utut διὰ τοῦτο et quae sequuntur ad notionem καταλλαγῆς referenda erunt, id quod nondum hīc quaerimus. Ergo non erat, cur Hofm. hic nodum in scirpo quaereret, quum relationem ad enuntiatum relativum,

---

2) Bengel, Gnomon his utitur verbis: „Respicit *totam* tractationem superiorem: ex qua haec infert apostolus, non tam disgressionem faciens, quam regressum, *de peccato et de justitia.*" — Quibus verbis viri ceterum tam circumspecti, inde ab exordio perturbantur omnia. Similiter Rückert. Mangold, „der Römerbrief und die Anfänge der Römischen Gemeinde" Marb. 1866, qui p. 116. sq. multa *scitissime* disserit de hoc loco ac vere promovisse interiorem ejus intellectum censendus est, quum (p. 116. nota) de orationis V. 11 et 12. filo *interrupto* loquatur idque (cum Hofmanno) c. 8. demum resumtum judicet, ne ipse quidem videtur orationis progressum penitius perspectum habuisse.

et re et loco proximum, detrectaret. Huc accedit, quod Rothe l. c. p. 143 sq., quod viderim a nemine hucusque refutatus, luculenter evicit, διὰ τοῦτο ubi relatum esset ad totam de εἰρήνῃ et καυχήματι Christiano V. 1—11. expositionem, vix posse intellegi, quomodo Paulus ad comparationem Adami et Christi traduci inde potuerit, neque ulla ratione, quomodo beatio et εἰρήνη, de quibus sermo est V. 1—11., *fundamentum* vel causam (διὰ τοῦτο V. 12.) potuerint praebere vel logicum vel ethicum vel methaphysicum, cui innisus Adamus respondeat Christo et vice versa[3]).

Quod ipsum quum recte perspexisset quumque nihilominus formulam διὰ τοῦτο ad totam expositionem 5,1—11. referendam duceret, Rich. Rothe in duplicem incidit errorem, qui toti disquisitioni perniciosissimus evasit: hunc dico, quod 5,1—11. et vero etiam V. 12—19. non tam de justificatione quam de *sanctificatione* interpretatur, et comparationem hic propositam a Paulo non esse additam censet nisi quasi in praetereundo (tamquam „Episode")! Quo nihil longius a vero recedere in oculos incurrit. Tota enim totius loci indoles, nisi omnia fallunt, evincit luculentissime, si quo loco alio, istic sermonem esse tantummodo de gratia quam dicunt *objectiva*, de „justificatione forensi" ejusque effectu tamquam effectu *divino*, neque vero de eis, quae aliqua quacunque ratione *homo* conferat ad salutem sibi parandam sive de sanctificatione[4]).

Adstipulor igitur eis, qui διὰ τοῦτο ad verba ultima versus proxime praegressi (δι οὗ — ἐλάβομεν) referunt, ut Krehl, Meyer, Philippi, Mehring, alii. Sed ita res minime confecta est. Manet enim quaestio, cujus

---

[3]) Haec difficultas, quae postulat, ut tandem missam faciamus relationem ad totum locum V. 1—11., ingenue agnoscitur etiam ab Hofmanno (l. c. p. 220.) verbis hisce: „Mit allem dem ist blos der innere Zusammenhang der Darlegung (V. 12—21.) und *nicht ihr mit διὰ τοῦτο ausgedrückter Zusammenhang* mit V. 1 - 11. aufgezeigt. — Es würde (V. 12—21.) ein Satz zu erwarten gewesen sein, welcher dem εἰρήνην ἔχωμεν πρὸς τὸν θεὸν διὰ τοῦ κυρίου ἡμῶν Ἰησοῦ Χριστοῦ — verwandt war! Sed ejusmodi dictum *non* reperitur V. 12—21.; ergo Hofm. argumentum formulae διὰ τοῦτο quaerit et invenisse sibi videtur in 6, 1—2. (Ceterum similiter jam Rothe p. 48.) Quo mihil videbitur remotius esse a simplicitate, sive intervalli interjecti, sive sententiae ipsius, sive cohaerentiae c. 6. cum 5, 20. 21. fuerit ratio ducta, — ut taceamus, quod Hofm. 5, 1. ἔχωμεν legit pro indic. ἔχομεν, profecto cum haud paucis eisque bonis codicibus, sed penitus adversus argumenti tenorem et eorum, quae antecedunt, et totius quod interpretamur capitis.

[4]) Iisdem de causis non possum consentire cum eadem prorsus Peter Langii interpretatione Dogm. II. 519.

mentionem modo injecimus: *unde* P. a sententia sanequam uti videtur vulgari imprimisque ipsi trita: „per Christum καταλλαγὴν nobis esse paratam,“ in comparationem hic propositam omnino deductus fuerit, ideoque, quid sibi velit διὰ τοῦτο? Enimvero minime Paulo est moris, ut forte fortuna incidat in ea, quae subtilissime ac multis abhinc (ut istic) rimetur, quaeque (ut hic per διὰ τοῦτο) ita connectat cum praegressis, ut quasi sponte et necessitate interna originem inde habere videantur. In altero loco, ubi eadem reperitur inter Adamum et Christum contentio (1 Cor. 15, 45—47.), per ipsius rei tenorem (V. 44) et per locum V. T. eo deductus fuit, et 1 Cor. 15, 20—22. totius orationis et capitis cardo vertitur in quaestione de *mortis* vitaeque origine ac fundamento i. e. de utriusque principibus, cujus rei per se h i c neĉ vola nec vestigium. Faciamus (quod et historia evincitur[5]), et sponte consequitur e succincta ac paene abrupta orationis per totum locum forma, quae alioquin ne ferenda quidem esset,) hanc Adami et Messiae aequiparationem theologiae Judaeae in universum jam Pauli tempore fuisse satis consuetam ac paene tritam, ita ut traducenda tantum esset in Jesu Nazarethani vitam ac mortem. Nihilominus non fuit ea, quae facile sponte sese offerret et ea qua istic reperitur vi, animi Paulini recessus quasi occuparet. Esse debebat, cur *re* i. e. καταλλαγῇ ipsa jam constituta, omnem lapidem P. moveret, ut praeter *rem* etiam *personas* principales et vivos rei cardines totiusque historiae vel *temporis* divini loca quasi media omni qua fieri poterat accuratione e regione sibi collocaret atque ita vicissim illustraret. *Desideratur oppositionis momentum, quo P. ad oppositionem inter Adamum et Christum deductus sit.* Est autem haec ipsa, quam quaerimus, res expressa in antegressis adeo *bis* (V. 9. et 11. cf. 8,1.) particula νῦν, qua tempus ante et per Christum sibi *opponuntur*. Ad hanc solam, ad oppositionem *temporis* salutis, nec vero ad totum enuntiatum (ne relativum quidem) referendum est διὰ τοῦτο. Enimvero P. non ait: δι᾽ οὗ τὴν καταλλαγὴν ἐλάβομεν aut λαμβάνομεν, sed: δι᾽ οἷ νῦν τὴν καταλλαγὴν ἐλάβομεν. Hoc sibi vult: „sicuti *olim* per Adamum in perversum detorsi sumus statum, ita restituti sumus *nunc* per Christum!“ Particula νῦν, ut *temporis* designatio, quae omne tempus mundi hucusque praeterlapsum *excludat*, fuit quasi fomes, in quo, re ipsa confecta quaestionisque argumento exhausto, *totius historiae* salutaris delineandae

---

5) cf. locos jam a Schöttgen et Wetstein ad hunc l. allatos — praeterea Tholuck et Reiche ad hunc loc. et Ammonii opusc. nov. p. 72 sq.

ac circumscribendae cogitatio in Pauli animo quasi incenderetur. Per $\delta\iota\grave{\alpha}$ $\tau o\tilde{v}\tau o$ in medium perrumpit et dilatatur suique quasi Martis redditur illud $v\tilde{v}v$, ut saepe fit apud Paulum, ut quae hucusque tamquam per transennam tantummodo sint ostensa, in argumentationis fastigio demum plene emergant et gravitatis suae reddantur quasi conscia. „*Ideo*, ait Paulus, quia $v\tilde{v}v$ i. e. *nunc demum* (per Christum) reconciliationis eaque vitae facti sumus participes, omne omnino historiae tempus disponitur necessario in partes duas: *vitae*, quod nunc demum per *Christum, mortis*, quod inde ab historiae initio, ergo ab *Adamo*, habuit originem atque sola hucusque dominata est.“

Quae si vera sunt, $\delta\iota\grave{\alpha}$ $\tau o\tilde{v}\tau o$ referendum est ad $v\tilde{v}v$ V. 11., extr., et per istud $v\tilde{v}v$ oppositionisque quae inest momentum, P. traductus demum ad salutis tempora primaria eorumque cardines ut ita dicam personales e regione sibi collocandos accuratiusque inter se ponderandos. Enimvero ita demum fieri poterat, ut omnis istius $v\tilde{v}v$ salutiferi amplitudo atque magnificentia in clara luce collocaretur, et quaestio *de solo salutis fundamento*, quae profecto inde ab epistulae initio (1, 17.) fuit suscepta, ad plenum tandem, *id quod istic fit*, perduceretur jam finem.

II. De progressu comparationis interno.

Sed quaenam est comparatio ipsa? Cui consilio inservit practico, quippe quod nunquam desit apud Paulum? Quid sibi vult Paulus, vel (quod idem est): quinam est totius comparationis locus *medius?* — Nihil horum est, de quo non lis adhuc sit sub judice, nec quidquam eorum in censum potest vocari, e quo non totius loci existimatio recta atque singulorum dijudicatio suspensa esse reperiatur.

P. introducit comparationem per $\H{\omega}\sigma\pi\epsilon\varrho$ sine $o\H{v}\tau\omega\varsigma$ i. e. per Ἀναντα-πόδοτον, quod dicunt, ut 1 Tim. 1, 3., ubi $\grave{\alpha}\pi\acute{o}\delta\omega\sigma\iota\varsigma$ non tantum forma verum etiam re deest, sed sine dubio supplendum: $o\H{v}\tau\omega$ $\varkappa\alpha\grave{\iota}$ $v\tilde{v}v$ $\pi\alpha\varrho\alpha\varkappa\alpha\lambda\tilde{\omega}$ (est eadem oppositio atque istic), et Matth. 25, 14. (cf. Marc. 13, 34.), ubi repetendum est e versu antegresso: $o\H{v}\tau\omega\varsigma$ $\gamma\grave{\alpha}\varrho$ $\H{\epsilon}\sigma\tau\alpha\iota$ $\H{\eta}$ $\H{\eta}\mu\acute{\epsilon}\varrho\alpha$ $\tau\tilde{\eta}\varsigma$ $\pi\alpha\varrho o v\sigma\acute{\iota}\alpha\varsigma$, $\H{\omega}\sigma\pi\epsilon\varrho$ $\H{\alpha}v\vartheta\varrho\omega\pi o\varsigma$ etc.

Similiter hic. Mira quidem est Rothii sententia (l. c. p. 2. p. 58 sq.), quae si vera esset, P. *consulto* intercidisset comparationem, ne in errorem $\grave{\alpha}\pi o\varkappa\alpha\tau\alpha\sigma\tau\acute{\alpha}\sigma\epsilon\omega\varsigma$ abduceretur! Quem errorem vir summe venerandus opinor devitasset, si non verba ἐφ᾽ ᾧ πάντες ἥμαρτον totius loci habuisset gravissima, quin etiam pro tertio, quod dicunt, comparationis ipsius. Unde ita ea interpretatus est (p. 34.): „unter der Bedingung oder der näheren Bestimmtheit, dass Alle sündigten", (p. 37.) „solchergestalt (ea ratione), dass Alle wirklich sündigten, etenim (p. 36.) *mittelst* des von Adam ausgehenden (und in Alle eingehenden) *sündigen Hanges und seiner Todesdisposition!"* Quae jam pugnant cum eis, quae diximus de verbis διὰ τοῦτο, et omnia funditus perturbant, uti adversantur legibus linguae. Atqui n o n g r a m m a t i c e , l o g i c e vero et r e a p s e , verba V. 11.: δι᾽ οὗ νῦν καταλλαγὴν ἐλάβομεν, continent ut Matth. 25, 13. 14. apodosin verborum ὥσπερ usque ad ἥμαρτον: — ὥσπερ — ait Paulus — δι᾽ ἑνὸς ἀνθρώπου ὁ θάνατος διῆλθέν ποτε, οὕτω νῦν (δι᾽ ἑνὸς ἀνθρώπου, Ἰησοῦ Χριστοῦ) τὴν καταλλαγὴν ἐλάβομεν, id quod *consequens* est (διὰ τοῦτο) ex eis, quae in praegressis (V. 6—11.) de morte ac vita Christi vicaria (διὰ τοῦ θανάτου — ἐν τῇ ζωῇ V. 10. cf. δικαίωσιν ζωῆς V. 18. et διὰ δικαιοσύνης εἰς ζωήν V. 21.) exposita et notione τῆς νῦν καταλλαγῆς quasi ad fontem revocata sunt et in unum comprehensa[6]). Imago tantum *hujus* rationis quasi repercussa sunt verba: ὅς ἐστι τύπος τοῦ μέλλοντος (V. 14.), in quibus vulgo — et re ipsa recte — alterum comparationis membrum deprehenditur. Atenim quae magnitudo est spatii interjecti et sententiarum V. 12—14. gravitas, non hic proxime (V. 14.) nec omnino *prorsum*, sed *retro* alterum membrum l o g i c e quaerendum est. Quod quominus adderet ipsis verbis, P. non est impeditus nisi difficultate verborum: ἐφ᾽ ᾧ πάντες ἥμαρτον, quae non poterat quin versu 13. *et* 14. tum firmaret tum extemplo in comparationis usum converteret. Hinc factum est, ut *grammatice* alterum comparationis membrum omnino praetermitteretur, sed re inest in versūs 11. verbis extremis ideoque *poterat* praetermitti.

Quaenam vero jam sunt comparationis momenta ipsa?

---

6) Quod Meyer adversus Coccej., Koppium, Umbreit., Theod. Schott. (cf. etiam Peter Lange Dogm. II. p. 518 nota) monet, omnem ad versum 11. extremum relationem grammaticam *logice* esse falsam, quia V. 11. *universalitas* perniciei Adamiticae V. 12. per ὥσπερ sq. distincte ut ait expressa, ne attingitur quidem: hoc neque cadit in relationem a nobis propositam et omnino est falsum. Nam si discesseris a V. 12. et 18., qui *speciem* certe hujus rei prae se ferunt, ne in consequentibus quidem de „universalitate perniciei Adamiticae" tamquam de singulari quodam comparationis momento, *ita ut suammet ipsius habeat vim*, sermo est. De qua re vide infra.

Primum paene sponte ex eis, quae disseruimus, in oculos incurrit, sermonem *non* esse de ἁμαρτίᾳ ejusque origine, sed de sola *morte* ejusque radice, et de sola *vita* ejusque condicione ultima, ut jam V. 10. θάνατος tantummodo et ζωή sibi fuerunt opposita. De quibus solis est sermo etiam V. 14. 15. 16. 17. 18. 21., et vero etiam V. 19., modo hic versus recte fuerit explicatus. De peccato igitur *in se spectato*, sive de natura ejus aut origine, nedum *de peccato originali,* sermonem istic fieri, qui loci est tenor, ab omni abhorret verisimilitudine, jam priusquam singula excussa sint. De *morte,* per Adami peccatum omnibus inflicta, et de *vita,* per Christi justitiam (δικαίωμα V. 18.) omnibus recuperata, de his duabus rebus *solis* agitur toto loco secundum genuinam ipsam formulae διὰ τοῦτο mentem. Omnia reliqua momenta inferioris sunt ordinis, quippe quae inserviant huic uni quaestioni atque inde sint dijudicanda. Hinc verba ipsa V. 12. priora: δι' ἑνὸς ἀνθρώπου ἡ ἁμαρτία εἰς τὸν κόσμον εἰσῆλθε, haudquaquam sui sunt Martis aut *suum* habent pondus, sed praeparant tantummodo verba posteriora: καὶ διὰ τῆς ἁμαρτίας ὁ θάνατος, quae hac ipsa de causa *carent* verbo mente grammatica. Nimirum *unam* cum membro priore constituunt sententiam, veluti verba: καὶ οὕτως usque ad ἥμαρτον, in quibus verba: καὶ οὕτως usque ad διῆλθεν, respondent verbis: διὰ τῆς ἁμαρτίας ὁ θάνατος, et ἐφ' ᾧ πάντες ἥμαρτον verbis: ἡ ἁμαρτία εἰς τὸν κόσμον εἰσῆλθε, — quae quum solis luce sit clarius non posse intellegi de peccato originali vel alieno (sin minus, Adamus ipse diceretur cum peccato ipso originali esse natus, quod absurdum est), vel hinc jam consequitur, ut verba: ἐφ' ᾧ πάντες ἥμαρτον *nullo pacto* de peccato originali vel de peccato „ἐν Ἀδάμ" commisso possint intellegi. Eadem inesse debebit τοῦ ἁμαρτάνειν mens, quae inest in verbis: δι' ἑνὸς ἀνθρώπου ἡ ἁμαρτία εἰς τὸν κόσμον εἰσῆλθε i. e. (quum de re *historica* sit sermo, sc. de Gen. 2, 17. et 3, 19.): „per unum hominem sc. per Adami peccatum *liberum* et *actuale,* occoepit peccatum h. e. is status Adami reliquorumque ethicus sive sentiendi sive agendi, qui vocatur et est peccatum, esse in mundo", — occoepit esse in mundo tamquam res historiae et experientiae, *undecunque* post Adamum (qui sine ulla retractione *libere* egit, — δι' ἑνὸς ἀνθρώπου) in singulis ac reliquis traxit et trahit originem. Adamus peccavit, ergo mortuus est; reliqui πάντες ipsi quoque ἥμαρτον, ergo in hoc fundamento peccatorum suorum (ἐπὶ τούτῳ) ipsi quoque sunt mortui et moriuntur. *Unde* istud ipsorum *peccatum, hic* non quaeritur. Nam de *hac* re in verbis Paulinis nec vola nec vestigium, immo vero alienissima est haec res ab argumento de mortis origine et verbo divino hic pure pute intruditur. Si sibi aequiparanda atque conformanda essent haec *duo* (non tria) enuntiata, de quibus solis agitur, sic fere essent formanda: ὁ θάνατος εἰσῆλθε εἰς τὸν κόσμον καὶ ἀπέθανε ὁ πρῶτος ἄνθρωπος, ἐφ' ᾧ ἥμαρτε — „*quia* peccavit" — (διὰ τῆς γὰρ ἁμαρτίας ὁ θάνατος, — 1 Cor. 15, 45. Rom. 6, 23. 8, 6.); καὶ οὕτως (i. e. 1) per Adamum, in peccando historia teste principem, *et* 2) quia valet haec lex, secundum quam mors e *peccato actuali* ut jam in Adamo ipso oriunda est) εἰς πάντας ἀνθρώπους ὁ θάνατος διῆλθεν, ἐφ' ᾧ πάντες ἥμαρτον, — „*quia* omnes peccaverunt"[7]). Quaecunque erit ratio philologica verborum ἐφ' ᾧ: respondent apertissime verbis: διὰ τῆς ἁμαρτίας, ideoque *causae* notionem („quia") contineant necesse est secundum pragmatismum quem dicunt sententiae *cogentem*, et notionem praepositionis διὰ cum genit. conjunctae, quae respondet. Unde in oculos incurrit, 1) vocem θανάτου post „ἀνθρώπους", quam nunc etiam codex Sinaiticus tuetur, esse *re tinendam*, utpote cujus notio (una cum notione ζωῆς) totum permeet locum et ab eis tantum vel exterminata sit vel attenuata, quibus exordium Pauli ab ἁμαρτίας voce V. 12 ineunte fucum fecerat, quasi Paulus de ἁμαρτίᾳ acturus esset aut certe de θανάτῳ *et* ἁμαρτίᾳ; 2) rejiciendas esse interpretationes omnes, secundum quas ἐφ' ᾧ aliter atque simpliciter et plene per „quia" explicetur (cf. supra Rothe, mente *circumscriptionis*, quae et ipsa aliena est: „sofern" Ew. Thol. van Hengel) vel ad θάνατος ante διῆλθεν referatur (ut rursus ab Hofm.[8]), Jathone, Lipsio, qui „Paul. Rechtfertigungslehre" p. 59 nota, Theilii interpretationem secutus est); 3) denique ἥμαρτον non posse intellegi nisi de peccato actuali singulorum ipsorum, quippe quod solum respondeat ἁμαρτίᾳ Adami *actuali*, cujus apostolus modo mentionem fecerat, quodque illustrat et comparat V. 13. et 14. (quum secundum totum ut videbimus horum versuum tenorem tum imprimis voce παραβάσεως Ἀδὰμ V. 14.) cum *nostris* peccatis actualibus, qui et ipsi *ut Adamus*, πάντες ἡμάρτομεν.

---

7) Falso Hofm. l. c. p. 186: „so, dass durch Einen Menschen die *Sünde* und mittelst der Sünde der Tod in die Welt gekommen war," quibus οὕτως tantummodo ad antegressa, ad Adami peccatum refertur, nec vero (ut versūs postulat dispositio interna et totius logi doctrina) *simul* ad ἐφ' ᾧ V. 12 i. e. ad singulorum peccata *propria*. Οὕτως et retro et *prorsum* spectat, quamquam grammatice tantummodo prorsum.

8) p. 188: „*bei Vorhandensein* des von dem Einen her zu ihnen allen hindurchgekommenen Todes".

Atenim ne ea quidem interpretatio poterit admitti, quae (ut Bengel, Olshausen, Philippi, Meyer) inter ἐφ' ᾧ et πάντες ἥμαρτον supplet: „Adamo peccante" vel ἐν 'Αδάμ, atque ita, explosa quidem sententia Augustini, qui linguam graecam non satis edoctus, verba Vulgatae (pro ἐφ' ᾧ) „in quo" (fortasse ipsa quoque falso) interpretatus est: „in lumbis Adami"> alia tamen via peccatum Augustini *originale* vel innatum verbis Paulinis rursus intrudit. Quae interpretatio, adversante simul tota totius loci ratiocinatione, jam ideo est rejicienda, quod mero arbitrio eam ipsam supplet atque infert notionem (sc. „ἐν 'Αδάμ"), quae quippe primaria, si qua alia, ipsis verbis Paulo exprimenda fuit, — id quod rectissime urget etiam Tholuck et Hofm. l. c. p. 187.[9]) Fateor equidem ingenue, me non posse assequi, quomodo Meyerus, interpres egregius et usquequaque eo intentus, ut quidquid inde consequens esse videatur, verbum divinum explicet

---

[9] Cf. etiam quae Schenkel monet adversus hanc interpretationem Dogm. II. p. 403 Nota **. 1 Cor. 15, 22. pariter atque 2 Cor. 5, 14., quem utrumque locum, praeeunte Bengelio, Meyerus in suam rem convertit, uterque docet (ὥσπερ ἐν τῷ 'Αδὰμ πάντες ἀποθνήσκουσιν — non ἁμαρτάνουσι vel ἥμαρτον — οὕτω καὶ ἐν τῷ Χριστῷ πάντες ζωοποιηθήσονται): nos ad unum omnes *mortuos* esse in Adamo et vero etiam cum Christo, neque vero nos *peccasse* in Adamo aut *ethica* mente in Christi ζωῇ constitutos esse vivos. Hoc enim juridice fit, ut ajunt, „per justificationem forensem", non per translationem ethicam vel metaphysicam, per „infusionem gratiae", quae totam doctrinam Pauli adeoque evangelicam funditus everteret. Revera per Adamum morimur, (ut vivimus per Christum), sed *intercedentibus* nostris propriis peccatis (ut *intercedente* πίστει nostra), de qua re mox accuratius erit disserendum. — Kahnis, collega carissimus, Dogm. I. p. 590 paucis tantum attingit locum et in Meyeri abit sententiam. Propius a nobis Fr. Delitzsch, collega dilectissimus, bibl. Phsychol. p. 369. et 127. Cf. quae monet de 2 Cor. 5, 15. Hofm. l. c. p. 187. — B. Weiss, bibl. Theol. d. N. T., collega aliquando conjunctissimus, quocum magnam partem consentio, tamen ipse quoque §. 92a. his utitur verbis: „(P. sagt) Rom. 5, 12. ausdrücklich: durch Einen Menschen (Adam) und zwar (V. 14.) durch seine παράβασις, sei das Princip der Sünde in die Welt gekommen, es war also vor dieser παράβασις noch nicht darin. Erst mit einer ersten Uebertretung ist die Sünde zunächst in Adam hineingekommen, und in ihm wirksam geworden für alle Folgezeit". Atvero non de „principio" peccati, quod intravit in mundum, sed de *actu* primae peccationis Rom. 5, 12 sq. est sermo, de *peccati* autem propagatione ne tantillum quidem inest. E contrario: *ipsi ἥμαρτον*, atque *eo* accidit, ut *mors* (non peccatum) Adami propter ejus locum in historia humana primarium, propagaretur. Est quidem hominum, quae omnium inter se inde ab Adamo est necessitudo, etiam ethica condicio alia atque ante Adami peccatum. Sed de hac re hic non est sermo, et „principium" peccandi aliquo modo jam ante Adami lapsum in ipso Adamo inesse debebat, sin minus, ne peccare quidem potuisset. Sed hoc, quum gravissimum sit et novam plane sibi de notione peccati originalis etiamnunc admodum contorta expostulet disquisitionem, nec in praetereundo potest confici nec omnino est hujus loci.

secundum nativam ipsius vim, a recto verborum intellectu, quem olim habuit, et ad interpretationem: „(in Adamo) peccaverunt" eo potissimum potuerit abduci, quod verba: ἐφ' ᾧ πάντες ἥμαρτον, siquidem de peccato agerent actuali, ab experientiae veritate viderentur abhorrere. „Sexcenti, ait Meyerus, infantes quoque moriuntur, quamvis peccata (actualia) nondum commiserint. *Ergo in Adamo* tantum potuerunt peccare!" Silentio praetermittimus quod ita P. reus posset agi etiam ideo, quia omnes (πάντας) inde ab Adamo hucusque ait esse *mortuos*, quum Henoch certe et Elias „mortem non viderint" (cf. Hebr. 11, 5). Videlicet Paulus ubi de principiis agit, recte non curat ejusmodi exceptiones, quae ceteroquin, accuratius pensitatae, ne officere quidem reperiantur regulae universe propositae. Sed ut infantium mors momentum sit majus — quod non infitiamur —: non magis istic erat, cur P. in ampla hac quaestione infantium duceret rationem, quam supra 3, 23., ubi eisdem fere verbis eandem paene expromit sententiam — οὐκ ἐστι διαστολή, πάντες ἥμαρτον. Ibi quoque, quae orationis est forma, infantes inclusi sint necesse est, nec tamen cuiquam facile in mentem venerit (ne Meyero quidem), sermonem esse de peccatis „ in Adamo" commissis! De peccatis actualibus est sermo, et *eo respicit* Paulus etiam *istic* et verbis et re. Quid? quod magna est quaestio dogmatica (quae speciatim hic non potest perquiri): utrumne revera infantes *non* cadant sub dictum Pauli: ἐφ' ᾧ ἥμαρτον (actualiter). Quid enim? Quando tandem incipit homo esse persona? Inde a quonam vitae momento dixerimus primum conscientiam moveri vel internam suimet ipsius accusationem atque excusationem (Rom. 2, 15.), e cujus recessibus emergit peccatum etiam actuale? Quaenam est omnino *prima* libertatis actio? Quis quaeso dixerit? Hoc vero extra omnem positum est dubitationem, quin a pueris jam simus ii, qui simus: i. e. (quae nativa nostra est indoles) *personae*, naturae tum conscientiae nostrimet ipsorum tum libertatis vi aliqua quacunque ratione praeditae. Sin minus, vita crescente quod sumus a pueris ideoque agimus, non evolveretur tantum intra gyrum suum ac secundum ipsius indolem, sed mutaretur radicitus, ita ut per conscientiam libertatemque, quas solas hoc nomine dignari solemus, expergefactas tandem, ipsa natura evaderemus alii atque natu et omnino sumus, — quod absurdum est. Continuitas naturae ac perpetuus ejus secum consensus, quatenus nativa indoles in censum venit, in naturae notione ipsa est positus nec abjici potest nisi cum omni judicio sano. Neque eo potest provocari, quod conscientia et libertas in infantibus secundum potentiam tantum vel (ut barbare dicam) secundum possibilitatem (Aristotelis δύναμιν) adsint. Existimo enim explodendas tandem esse priscae logices nugas fere jam antiquatas et inveteratum istum errorem de „possibilitate" e regione „realitatis", qui a vetusto inde tempore doctrinam metaphysicam eāque omnes disciplinas reliquas perturbavit. Nimirum nihil quidquam *potest* esse aliquid, quod non quatenus „potest" et sub potentiae forma *exstat*, aliqua quacunque ratione reapse *sit* id ipsum, quod dicatur *posse*. Quapropter infantes nequeunt *potentiā* conscientiae libertatisque esse praediti, nisi eā quae convenit infantibus formā, revera *sunt* et *habent* conscientiam atque libertatem eaque omnia (sub eadem condicione), quae (ut peccatum et culpa vel contraria) originem inde trahunt. Qua eadem mente et condicionis formā infantiae convenienti, etiam *fides* est jam in infantibus: sin minus, nullis credo artibus, ex evangelicis certe principiis, infantium baptismus defendi poterit. Potentia quam dicimus fidei ipsa quoque nihil est, nisi forma quaedam fidei revera exstantis, et „potentia" peccati, quae sine dubio est in infantibus, nihil aliud nisi forma quaedam peccati est jam praesentis.

Sed quorsum istic haec, praesertim quum hic primis tantum labris possint attingi nec fundari altius? Etenim Paulus ne cogitat quidem de infantibus, et defendendus tantummodo fuit ab eis, qui propter infantes oblivione obrutos totam Pauli sententiam falsam fore contenderent, atque ideo ad interpretationem se abduci paterentur, quae nec cum verborum simplicitate congrueret et totius loci indoli esset contraria. Est quidem peccatum originale, modo recte percipiatur, sed *hic* non docetur, nec omnino unquam *inde* repetitur mortis origo. Est quidem causa mortis pro *omnibus* ratione vicaria sita in *Adami* peccato actuali — id quod secundum totius comparationis tenorem rectissime urget Meyerus — sicuti in *Christi* vita voluntati patris consentanea vel in ejus δικαιώματι atque omnino in ejus ζωῇ, ratione *vicaria* vita (ζωή) omnibus est comparata. Sed mors venit ab Adamo ad omnes reliquos, „quia omnes (ipsi quoque) peccaverunt" (ἐφ᾽ ᾧ πάντες ἥμαρτον) eoque quasi pontem injecerunt inter se et Adamum morti obnoxium — *quamvis* ipsorum peccatum *per se* et sine Adami peccato secundum locum Adami „repraesentativum" pro omnibus, quod attinet ad *effectum* (mortem) ratione vicaria in nos collato, non fuisset id, quod in mortis nos dominium redigeret (V. 14.), *sicuti* vita abundat a Christo ad nos, *quia* et *quatenus* Christo *fidem* adjungimus (ἐφ᾽ ᾧ πιστεύομεν εἰς Χριστόν), *quamvis* haec fides vel πίστις *per se* et sine Christi δικαιώματι, secundum locum Christi „repraesentativum" pro omnibus, quod attinet ad *effectum* ($\zeta\omega\acute{\eta}v$, *non ad statum ethicum*), ratione vicaria in nos collato, non esset idonea, quae (tum profecto proprio merito) vitae aeternae nos participes redderet. — Ita sibi e regione collocantur: 1) Adami $\pi\alpha\varrho\acute{\alpha}\pi\tau\omega\mu\alpha$ ($\pi\alpha\varrho\acute{\alpha}\beta\alpha\sigma\iota\varsigma$, $\pi\alpha\varrho\alpha\varkappa\omicron\acute{\eta}$) et Christi $\delta\iota\varkappa\alpha\acute{\iota}\omega\mu\alpha$ ($\dot{\upsilon}\pi\alpha\varkappa\omicron\acute{\eta}$) — utrumque (secundum capitalem utriusque viri locum) quod attinet ad *effectum* translatum ad omnes —; 2) Adami $\vartheta\acute{\alpha}\nu\alpha\tau\omicron\varsigma$ et Christi $\zeta\omega\acute{\eta}$ — ratione vicaria nobiscum communicatae —; 3) hominum post Adamum propria $\dot{\alpha}\mu\alpha\varrho\tau\acute{\omega}\mu\alpha\tau\alpha$ ($\dot{\epsilon}\varphi$ $\tilde{\dot{\omega}}$ $\pi\acute{\alpha}\nu\tau\epsilon\varsigma$ $\ddot{\eta}\mu\alpha\varrho\tau\omicron\nu$) et $\pi\acute{\iota}\sigma\tau\iota\varsigma$ $\epsilon\dot{\iota}\varsigma$ $X\varrho\iota\sigma\tau\grave{\omicron}\nu$ vel (forma magis convenienti): $\dot{\epsilon}\varphi$ $\tilde{\dot{\omega}}$ $\pi\acute{\alpha}\nu\tau\epsilon\varsigma$ $\dot{\epsilon}\pi\acute{\iota}\sigma\tau\epsilon\upsilon\sigma\alpha\nu$ — condiciones quippe internae et quasi ansae, quibus ut Adami mors ita Christi vita in nostram conversae sunt possessionem. Haec omnia plenissime et accuratissime sibi respondent, rem ipsam exhauriunt, et quum versui 12. tum toti loco Paulino plenam demum lucem affundunt. Peccatum autem originale eatenus tantum potest inferri, quod, ubi *effectus* ($\vartheta\acute{\alpha}\nu\alpha\tau\omicron\varsigma$ — $\zeta\omega\acute{\eta}$), ibi aliqua certe mente etiam causa ($\dot{\alpha}\mu\acute{\alpha}\varrho\tau\omega\mu\alpha$ — $\delta\iota\varkappa\alpha\acute{\iota}\omega\mu\alpha$) debebit inesse *ethice* et *libere*. Sed haec non est nisi conclusio, cujus apud Paulum ipsum nullum vestigium, et magna adhibenda est cautio, ne admissa hac conclusione, simul cum peccato originali, catholica „justitia hyperphysica vel *infusa*", qui parallelismus est, sese obtrudat et nervum totius doctrinae Paulinae adeoque hujus ipsius loci (de „justificatione forensi") penitus discindat. Nam peccato originali vel habituali respondet justitia non Christi sed propria et habitualis vel ethica, — quo alienius quidquam imprimis ab isto loco ne excogitari quidem poterit. Rem tetigisse hic satis est, quum P. omnino de ratione inter justificationem religiosam (forensem) et ethicam (habitualem) hic sermonem non instituat, nec quomodo aut quonam jure totius generis humani sors ab utraque ista persona capitali Adamo et Christo, historia teste, suspensa sit. Satis habet, fas hujus facti certe indicasse eo, quod uterque est $'A\delta\acute{\alpha}\mu$ quidam, persona et nomen *capitale*, $'A\delta\grave{\alpha}\mu$ $\pi\varrho\tilde{\omega}\tau\omicron\varsigma$ alter, alter $'A\delta\grave{\alpha}\mu$ $\delta\epsilon\acute{\upsilon}\tau\epsilon\varrho\omicron\varsigma$, $\ddot{\alpha}\nu\vartheta\varrho\omega\pi\omicron\varsigma$ $\dot{\epsilon}\xi$ $\omicron\dot{\upsilon}\varrho\alpha\nu\omicron\tilde{\upsilon}$ (1 Cor. 15, 45—47.) et quod ut physice — nam per Christum *creata* sunt omnia (1 Cor. 8, 6. Col. 1, 16.) — ita ethice (vinculo peccati proprii actualis cum Adamo, vinculo $\pi\acute{\iota}\sigma\tau\epsilon\omega\varsigma$ cum Christo), cum utroque constricti esse reperimur. Quo neutro — ut hoc quasi in transitu certe moneam — ne dogmatice quidem carere possumus. Quod autem istic *tertia* triplicis illius comparationis pars ($\pi\acute{\iota}\sigma\tau\iota\varsigma$ e regione proprii peccati, quo apprehendimus Adami et peccatum et mortem), ipsis verbis certe expressa non est, ut profecto fit quum alibi saepissime, tum Rom. 1, 16.

2, 22., hoc in eo est positum, quod P. hic totus occupatus est in objectivis, quae vocant, salutis fundamentis jaciendis, et omnino non agit de causis ethicis vel „subjectivis". Adsunt autem re ut *semper* apud Paulum [10]) atque uti insunt in ἐφ' ᾧ etc. et in voce κατεστάθησαν V. 19. (vide infra), ita permeant totum locum totamque comparationem. Formulam vero ἐφ'ᾧ hanc, quam postulat nexus (διὰ τῆς ἁμαρτίας in membro antegresso) mentem „quia" (non „quare" — ἀνθ' ὧν Luc. 12, 3.), proprie: ἐπὶ τούτῳ, ᾧ vel ὅτι, „in eo fundamento quod" i. e. „propterea quod", διότι, revera habere, hoc et Thomas Magister ed. Bern. p. 400 (Ritschl p. 129) et Phavorinus ed. Bas. 1538. p. 813 jam monent, et confirmatur duobus eis locis (2 Cor. 5, 4. Phil. 3, 12.), in quibus solis eadem Paulus formula secundum nexum eadem mente utitur, et ut semper genere *neutro* (etiam Phil. 4, 10). Res philologice, quod dicunt, recenti memoria tam saepe et tam accurate tractata est, ut γλαῦχ' εἰς Ἀθήνας esset, rem ex re et ex ipso Paulo non amplius dubiam, adversus Rückertum, Rothium p. 26 sq. Schmid, bibl. Theol. II. 260 sq. alios philologice denuo perquirere [11]).

---

10) cf. Mangold l. c. p. 119.

11) Satis sunto haec. Phavorinus scribit: ἐφ' ᾧ ἀντὶ τοῦ διότι λέγουσιν Ἀττικοί, οἷον ἐφ' ᾧ τὴν κλοπὴν εἰργάσω, καὶ ἐφ' οἷς τὸν νόμον οὐ τηρεῖς, κολασθήσῃ. Sed negari non potest; scriptores graecos melioris notae (etiam Josephum) praeferre fere pluralem ἐφ' οἷς (ut formulis ἀνθ' ὧν, ἐξ ὧν, δι' ὧν) vel ibi, ubi de *una* tantum causa sermo est. Atqui etiam singularis reperitur, ut in formulis ἐπ' αὐτῷ τούτῳ (Dem. 578. 26.) vel ἐπὶ τούτῳ (Xen. Mem. 1, 2, 61.) i. e. proptera, ita in dictione ἐφ' ᾧ — „in fundamento" vel „quia" ipsa apud Dem. 518. 26. Diod. Sic. 19, 98. Dio C. 43, 95. a. ἐφ' ᾧπερ Theoph. ad Autol. lib. II. p. 105 B. ed. Colon.: ὁ Σατανᾶς — ἐφ' ᾧ οὐκ ἴσχυσε θανατῶσαι αὐτοὺς (τὸν Ἀδὰμ καὶ τὴν γυναῖκα αὐτοῦ), quae interpretatio latina recte ita vertit: „quos *quum* non posset perimere"; cf. Thomae Magistri exemplum apud Synes. ep. 73.: τὸν ἥλιον εἶδεν ἐπὶ ῥητοῖς ἄνθρωπος, ἐφ' ᾧ Γεννάδιον ἔγραψεν i. e. solem videbat homo *eam ob causam*, *quod* Gennadium accusasset (cf. de hoc loco Herm. ad Viger. p. 710. 34. contra Zeunium p. 30. nota † † † et contra Rothium l. c. p. 22.) — Quod autem Ewald aliquando (bibl. Jahrb. II. 1849. p. 171) vertit: „*worauf hin* (i. e. εἰς θάνατον) alle sündigten" (cf. Umbreit, Römerbrief 1856 p. 53: „zu welchem — dem Tode — Alle gesündigt haben"), et nunc (Ew. Sendschr. d. Ap. P.): „*sofern* sie alle sündigten" (cf. etiam van Hengel et Tholuck), et quod Finckh in dissertatiuncula non magni momenti: Neue Erklär. der Paul. Stelle Rom. 5, 12. (Tüb. Zeitschr. für Theol. 1830. I. p. 129.) ἐφ' ᾧ reddit „quamquam, wiewohl", — haec omnia non minus repugnant rationibus philologiae et orationis contextae, quam Ernestii sententia (Vom Ursprunge der Sünde II. p. 184 sq.), qui verba ἐφ' ᾧ etc. divellit a. V. 12 et cum versu 13. et quidem verbis ἁμαρτία δὲ etc. V. 13. connectit, verbis ἄχρι γάρ usque ad ἐν κόσμῳ parenthesi circum-

Sed est jam, cur ea, quae de V. 12. disseruimus, in unum comprehendere conemur. Siquidem vera sunt, quae invenisse nobis videmur, hoc fere ait Paulus V. 12.:

Ideo, quia nunc (νῖν V. 11.) nacti sumus reconciliationem (καταλλαγὴν), quae inde ab Adamo non fuit in mundo, haec valet inter Adamum et Christum, tamquam totius historiae salutaris capita et cardines summos, comparatio: *sicuti* per unum hominem (per Adami peccatum actuale) accidit teste scriptura sacra (Gen. 2, 17. 3, 19.) et historia ipsa, ut jam *factum* peccati (ἁμαρτία) ingressum esse reperiretur in mundum eoque — quae ἁμαρτίας est natura (1. Cor. 15, 56. Rom. 6, 23.), — etiam *mors* (physica, quae resurrectionis vitaeque vitalis nullam per se relinqueret spem); *et sicuti ita* (οὖτως i. e. secundum locum capitalem, quem obtinuit historice et ethice Adamus, hominum primus et qui peccasset primus,) penetravit mors ad omnes homines, utpote oriundos ad unum omnes ex Adamo isto, *in fundamento* (ethico) *hoc*, *quod* omnes ipsi quoque suamet ipsorum culpa peccaverunt, — profecto *non* ut Adamus, ita ut per se jam morte essent digni eique obnoxii (V. 14.), atvero ita, ut qui ipsorum connexus est cum Adamo physicus, jam ethico quoque sui peccati vinculo cum Adamo constringerentur: — ergo sicuti *haec* in Adamo,

---

clusis: „da ja Alle gesündigt haben, Sünde aber nicht in Rechnung gestellt wird". Ita versus intellectus et V. 12. et V. 13. deletur, ut vidimus et mox viderimus. Jul. Müller tandem in libro eximio: Von der Sünde 3. ed t. II. p. 468., recte quidem ἐφ᾽ ᾧ πάντος ἥμαρτον mente *causae* accipit, sed vehementer errat, quod addit: „(Paulus hat es angemessen gefunden, durch diese Worte) seine Leser daran zu erinnern, dass die Menschen allzumal sich dieses schwere Geschick überdiess durch ihre Thatsünden *wohl verdient hätten*", — id quod pugnat non tantum cum V. 13. et V. 14, ubi ipsis verbis contrarium dictum est, sed cum toto loco, cujus cardo vertitur in eo, quod *non* per peccatum nostrum actuale sed per Adami peccatum mors, sicuti *non* per nos vel fidem nostram sed per Christi meritum vita nobis est parata, *quamvis* profecto *intercedente tamquam ansa* ex parte *mortis* peccato nostrimet ipsorum actuali, atque ex parte *vitae* πίστει vel fide nostra, salutem in Christo libere *apprehendenti*. — Errores isti virorum maximam partem praeclarorum et summe venerandorum, in clara luce tantummodo collocant hoc, quae loci sit difficultas, et quam longe etiam nunc ab eo tempore absimus, ubi de versu 12., fundamento totius comparationis, plurimorum certe tandem composita fuerit sententia.

ita per unum hominem et ipsum capitalem, per Jesu Christi δικαίωμα actuale (V. 18.) contigit (teste historia experientiaque hujus ipsius temporis salutari, atque testificante naturā divinā ipsā salutis
condonandae quam imputandae amantiore V. 15.), ut e contrario
jam obtemperatio voluntati ac legi divinae plena (δικαίωμα) a deo
agnita intraret in mundum, eaque (quae δικαιώματος pleni est vis)
etiam *vita*, quum Christus perrupisset mortis vincula, atque e morte
resuscitatus, in coeli aeterni aeternam nobis ingressus esset gloriam;
atque ita (οὕτως i. e. secundum locum capitalem, quem obtinet
Christus coram omnibus et loco omnium metaphysice ut filius dei
mundique creator, ethice vero utpote is qui primus et solus ab Adamo
legi divinae plene satisfecisset), δικαίωσις ζωῆς (V. 18.) obtinuit in
mundo, i. e. *vita* illa in solo Christo posita, quae et hīc mortis
excuteret terrores, et de resurrectione ad vitam aeternam esset certa,
penetravit ratione vicaria ad omnes, *dummodo* — id quod ab omnibus postulatur, tamquam vinculum cum Christo et deo ethicum, quamvis per se neque meritum sit neque ipse vitae fons — *fidem* habue-
rimus Christo nosque saluti in ipso nobis paratae dederimus (ἐφ᾽ ᾧ
ἐπίστευσαν).

Ita omnia plene sibi respondent, ea quoque, quae P. fervore orationis
abreptus, ut saepe, indicavit potius quam peroravit; nihil opinor poterit re-
periri, quod isto loco aut profundius sit haustum aut gravius dictum,
vel magis conveniat cum tota totius doctrinae Paulinae indole. Et — id
quod plurimi faciundum et quasi lapis est Lydius, ad quem tota explicatio
judicanda esse videatur: quaecunque sequuntur V. 13—21., concordant plene
cum sententia e Pauli mente hic explicatius tantum a nobis adumbratā,
adeoque secundum cogitata pariter atque verba plenam hinc demum accipiunt lucem.

Quod revera ita sese habere, est cur jam ostendere conemur[12].

---

12) Priusquam missum fecerimus versum hunc longe primarium, paucis certe ratio
erit ducenda opinionis Meyerianae (comment. p. 207. not. 2), qua, verbis ἐφ᾽ ᾧ πάντες
ἥμαρτον de peccato *actuali* sive *singulorum* intellectis, istum Pauli locum cum ejusdem

Duae potissimum res inde a V. 13. in quaestionem vocandae sunt:
1) cur P. post: ἐφ' ᾧ πάντες ἥμαρτον orationis filum disciderit, grammatice quidem nusquam resumtum, et 2) qua exinde via argumentatio progrediatur. Alterum cum altero ita cohaeret, ut utriusque quaestio non possit divelli.

In promptu habuisset P. secundum ea, quae diximus, ἀπόδωσιν facillimam vel comparationis post ὥσπερ partem alteram, dico hanc: οὕτως νῦν διὰ τοῦ ἑνὸς ἀνθρώπου Ἰησοῦ Χριστοῦ τὴν καταλλαγὴν καὶ τὴν δι-

---

1 Cor. 15, 47. ullo modo posse componi praefracte negat. Quod si verum esset, magnum esset momentum adversus explicationem nobis probatam. Vix enim quisquam reperietur in rebus praesertim principalibus ut hic, qui magis Paulo sibi constare atque magis secum consentire inveniatur. Sed Meyeri sententia et omnino est falsa, nec cadit in nostram explicationem. Nam *causa* mortis nobis quoque sita est in *Adami* peccato, sed intercedentibus et connectentibus nostris ipsorum peccatis. Res est haec. De Pauli sententia (1 Cor. 15. 45—47.), quae cum Genesi plane convenit, homo nequaquam ne ante lapsum quidem ipsā naturā et sine ethica condicione, vitae immortalis fuit particeps, sed creatus fuit et est χοϊκός, dissolutioni ideoque morti obnoxius. Quam imbecillitatem, quum *facultate* vitae immortalis, quippe dei aeterni imago, esset exornatus, superare potuisset ac deponere Adamus, si mansisset in Paradiso, i. e. si ethicae condicioni, ipsius libertati a deo impositae, satisfecisset: ut devitaret arborem boni et mali i. e. conscientiam per peccatum in se discissam ac secum controversam, neve vesceretur nisi arbore vitae, i. e. ut harmoniam tueretur cum suamet ipsius natura, quae est imago dei, eoque cum deo ipso, vitae fonte. Quibus non satisfecerunt neque Adamus nec qui ab eo sunt orti; atque *ideo* subjecti sunt morti, et doloribus circumventae et resurrectionis spe distitutae. Ergo moritur et Adamus ipse et ejus proles διὰ τῆς ἁμαρτίας, quam utrique — posteri profecto e radice Adami, *sed libere* — perpetrant. *Quod idem docet locus iste Rom.* 5, 12. Et omnino a tota scriptura sacra recte intellecta, aliena est prorsus ea doctrina, secundum quam alterius peccatum, tamquam peccatum, mente *ethica* vel *culpa* infectum, imputatur alteri aut infligitur, nec vice versa cuiquam in mentem venit, δικαίωμα Christi, vel vitam ejus, dei voluntati consentaneam, pro *nostro* ipsorum ducere merito, vel (physice nec vero „forense“) per propagationem nescio quam nobis quasi instillatam dicere. Adami culpa Christique meritum nobis, qui capitalis eorum est locus historicus *imputatur* quidem nec vero transfertur psychologice, neque ethice neque metaphysice aut physice. Nimirum *nostra* libertas, in peccati et in fidei statu secundum „*substantiam*“ *integra*, est vinculum, quo *praeter* necessitudinem physicam et historicam societatem. inimus ethicam, cum Adamo retro cum Christo prorsum. Quod ipsis verbis docet ἐφ' ᾧ πάντες ἥμαρτον et V. 13. extremus recte explicatus, qui ad hanc ipsam sententiam stabiliendam omnino est additus. Interpretatio igitur de peccato originali corrumpit hac quoque ex parte totius loci intellegentiam et obscurat simul locum alterum 1 Cor. 15, 47. Urget enim iste quidem mortis causam *physicam*, addit hic causam *ethicam*, eamque et in Adamo *et in nobis*. *Ergo* tantum abest, ut locus alter alteri officiat, ut alter alterum suppleat. Cf. jam Casp. Bartholinum apud Delitzsch. Psychol. p. 30.

καίωσιν ζωῆς ἐλάβομεν, ἐφ᾽ ᾧ ἐπιστεύσαμεν[13]). Sed propter hanc ipsam ἀποδώσεως implendae facilitatem, eam praetermittit P., et illustrat verba ἐφ᾽ ᾧ πάντες ἥμαρτον: *ne cui in mentem veniat:* ideo, quod „in fundamento" nostrimet ipsorum peccatorum profecto mortem obeamus, etiam *propter* vel *per* haec peccata nos morti esse subjectos, nec vero propter Adami, hominis capitalis et quasi collectivi et ἁμαρτίαν et θάνατον. Quod pariter fuisset absurdum et ex pari evertisset totam Pauli doctrinam de hominis reconciliandi ad deum reconciliantem ratione, ac si quis dixisset: quoniam ἐπὶ πίστει, „in fundamento fidei" Christo habitae, vel διὰ πίστεως, salutis reddimur participes, hinc nos non propter Christi meritum, nec διὰ Χριστοῦ, sed propter ipsorum fidem, ergo nostro ipsorum merito emergere e mortis pernicie ac fieri salvos. Qui error, quo et e Pauli et omnino e totius evangelii loco nullus cogitari poterat neque major neque perniciosior, ut funditus evelleretur, interrupit P. telam orationis occoeptae V. 13. et 14., quod faciundi prorsus nulla fuisset causa, si ultima V. 12. verba de peccatis „in Adamo" commissis nec vero de nostrismet ipsorum agerent. Quod quum ita *non* esset, error profecto poterat surrepere, quia ἐπὶ τούτῳ, hinc etiam διὰ τοῦτο nos mori! *Propter et adversus istum errorem additi sunt V. 13. et 14.*, et interrupta est comparatio.

Atenim duplex quiddam et ipsum inde est consequens. Prius est hoc: vim haudquaquam, ut multi voluerunt, inesse in membro V. 13. priore: „ἄχρι γὰρ νόμου ἁμαρτία ἦν ἐν κόσμῳ. Haec verba transitum tantum suppeditant ad V. 13. partem alteram: „Recte quidem, inquit Paulus, locutus sum de peccatis actualibus ἐφ᾽ ᾧ πάντες ἥμαρτον; nam revera etiam ante legem latam ἁμαρτία, peccatum (actuale) fuit in mundo. Sed noli inde decipi: *tunc certe non poterat imputari!"* Ergo in membro hoc posteriore (ἁμαρτία οὐκ ἐλλογεῖται etc.) omnis inest vis et in V. 14. Momentum *negando* inest in versu 13. extremo, *ponendo* idem in versu 14: *prius* vel negans (οὐκ ἐλλογεῖται) causam prodit *internam, cur* peccata illa actualia, quamvis mor-

---

13) Quibus ipsis mira Hofmanni sententia (jam Schriftbew. I. p. 476. ed. 1. proposita) refellitur, forte fortuna tantum Paulum ad gravem istam ac largam Adamj Christique comparationem abreptum esse, quum in scribendo versu 12. ipso nihil in animo habuerit nisi brevem *adhortationem* „practicam" (c. VIII. tandem resumtam), etenim hanc ut ἡ ἐλπὶς τῆς δόξης τοῦ θεοῦ constanter servaretur! Quod videam hoc nihil aliud fere esset, quam in re gravissima Paulum inconsideratae scriptionis agere reum. Videlicet cohaeret haec interpretatio arcte cum falsa verborum διὰ τοῦτο interpretatione, de qua supra locuti sumus.

tis translatae fundamentum, certe usque ad legem latam, vera moriundi causa esse non potuerint: enimvero ἁμαρτία οὐκ ἐλλογεῖται μὴ ὄντος νόμου, „non imputatur peccatum, lege deficiente", quamvis ἁμαρτία, i. e. defectus a dei voluntate reapse et extrinsecus judicatus, profecto etiam usque ad legem latam (ἄχρι) i. e. ante legem esset in mundo (ἁμαρτία ἦν ἐν κόσμῳ) — ita ut canone illo de peccati imputatione neglecto, periculum sit, ne quis mortis originem inde repetundam credat. Sed (ἀλλὰ) — id quod alterum momentum est V. 14. idque ajens et historicum — quamvis illa regula (οὐκ ἐλλογεῖται) valeat, nec igitur ullo modo satis sit ad mortis originem illustrandam hoc, quod etiam ante legem peccatum fuit in mundo (V. 13ᵃ.): nihilominus (ἀλλὰ V. 14.) ἐβασίλευσε, dominari reperitur mors inde ab Adamo usque ad Mosem etiam in eos, qui secundum canonem V. 13ᵇ. allatum, cum Adamo praevaricante, utpote singulari *lege* divina aliquando instructo et tamen a deo deficiente, quum fuerint *sine* lege, nullo pacto queant conferri: ἐβασίλευσε ὁ θάνατος καὶ ἐπὶ τοὺς μὴ ἁμαρτήσαντας ἐπὶ τῷ ὁμοιώματι τῆς παραβάσεως Ἀδάμ, mortui sunt et ipsi, qui non ut Adamus singularem habebant legem, lege absente ideoque (V. 13ᵇ.) imputationi propriorum peccatorum *non* obnoxii! Unde efficitur, quum causa moriundi non possit non esse ut *non* propter peccata propria, sed propter Adamum, hominem „repraesentativum" adeoque vicarium, morti subjecti sint, vel quod idem est: „propter Adamum", ὅς ἐστι τύπος τοῦ μέλλοντος, i. e. uti persona vicaria ita praesagium quasi quoddam personale ejus, qui ἄνθρωπος ὁ μέλλων, „homo futurus" mente absoluta est nuncupandus, quippe in quo et aenigma Adami, morte sua omnes obruentis, in claram tandem lucem trahatur et consummetur tota salutis conferendae historia: κατὰ τὴν εὐδοκίαν θεοῦ, ἣν προέθετο ἐν αὐτῷ εἰς οἰκονομίαν τοῦ πληρώματος τῶν καιρῶν, ἀνακεφαλαιώσασθαι τὰ πάντα ἐν τῷ Χριστῷ, Eph. 1, 9. 10. — Irenaei ἀνακεφαλαίωσις vel recapitulatio.

Est igitur ut diximus: *adversus* verba: ἐφ' ᾧ πάντες ἥμαρτον, eorumque peccata *actualia male* intellecta, haec omnia (V. 13. 14.) sunt scripta a Paulo, ne cui ad *nos* principium mortis, nedum vitae, pertinere videretur, nec intellegit ne hos quidem versus, qui verba illa ad peccatum originale vel „in Adamo" commissum retulerit.

Redit igitur V. 13. et 14. summa huc: Profecto superstructa est mors omnium fundamento huic, quod ad unum omnes ipsi quoque peccavimus. Sed nihilominus οὕτως (V. 12.) i. e. *per Adamum* mors in fundamento illo penetravit ad omnes (ut nunc vita per Christum in fundamento *fidei*). *Nam* (γὰρ V. 13.) *fuit* quidem usque ad legem latam peccatum in mundo (V. 13ᵃ.) ita, ut ego (Paulus) recte potuerim dicere (V. 12.): ἥμαρτον. Tantum *vero* (δέ V. 13ᵇ.) abest, ut inde mortis dominium possit repeti, ut (quae peccati est natura ethica ejusque arcta cum libertate necessitudo) ejusmodi peccatum, *lege absente*, ne imputetur quidem. At (ἀλλὰ V. 14.) nihilominus mors dominata est etiam ante legem (quippe inter Adamum et Mosem), nec igitur nostro ipsorum peccato (V. 13ᵇ.) excluso, reliquum est peccatum praeter Adami, ad quod tamquam ad causam, mortis istud dominium possit revocari: *ergo morimur propter Adamum, ut vivimus propter Christum,* — quod fuit demonstrandum [14]).

Haec quoque omnia, etsi propter brevitatem dictionis Paulinae sanequam implicata, nihilominus re tam facile fluunt adeoque conveniunt et cum parte orationis antica et postica, et secum ipsis et cum toto Paulo, ut nulla hic difficultas reliqua esse videatur [15]). Hoc solum, ut videtur, etiamnunc potest quaeri, quid sit νόμος? Utrum de omni lege sit interpretandus an — quod supra posuimus — de sola lege Mosaica? Et si posterius: cur et qua mente Paulus, quod affirmat de peccato „lege" absente *non* imputando, ad solam legem Mosaicam referre videatur? — Sunt haec profecto et per se et quod attinet ad Pauli doctrinam om-

---

14) Rem fere acu tetigit jam Chrysostomus his verbis: *Εἰ γὰρ ἐξ ἁμαρτίας ὁ θάνατος τὴν ῥίζαν ἔσχε νόμου δὲ οὐκ ὄντος ἡ ἁμαρτία οὐκ ἐλλογεῖται, πῶς ὁ θάνατος ἐκράτει; ὅθεν δῆλον ὅτι οὐκ αὐτὴ ἡ ἁμαρτία ἡ τῆς τοῦ νόμου παραβάσεως, ἀλλ' ἐκείνη ἡ τῆς τοῦ Ἀδὰμ παρακοῆς, αὐτὴ ἦν ἡ πάντα λυμαινομένη* (quod falsum pro: δι' αὐτῆς πάντες ἀπέθανον). *Καὶ τίς ἡ τούτου ἀπόδειξις; τὸ καὶ πρὸ τοῦ νόμου πάντας ἀποθνήσκειν· ἐβασίλευσε γὰρ* etc. Quod ne Chrysostomus quidem verba *ἐφ' ᾧ πάντες ἥμαρτον* recte intellexerat, hinc neglexit ipse quoque momentum *ethicum*, quod P. habet in his verbis, fugitque eum et ipsum, *cur* P. versum 13. et 14. addidisset. Sed reliqua bene se habent.

15) De voce τοῦ ἐλλογεῖν i. e. „rationibus inferre, imputare," quae praeter hunc locum et Boeckh Inscriptiones I. p. 850. A. 35. in tota quam ajunt Graecitate non amplius reperitur, ea qua solet accuratione philologica disseruit jam ad hunc ipsum locum C. Fr. A. Fritzsche, nisi quod praeter jus etiam Philem. 18. secundum textum receptum huc referendum censet. Ubi de codicum auctoritate legendum est cum Lachmanno et Tischendorfio: ἐλλόγα.

nino momenti summi, et alterum illud, quod diximus p. 18. ipsum quoque e contexta versuum 13. et 14. oratione recte explicata, necessarie dijudicari. Nimirum vox νόμου V. 13., verbis ἄχρι νόμου V. 13. i. e. usque ad *tempus*, ubi lex *Mosaica* est promulgata, et verbis ἀπὸ Ἀδὰμ μέχρι Μωϋσέως V. 14., adeoque totā quam eruimus sententiā necessario restringitur *proxime* ad solam legem *Mosaicam*, quae, ut ipsa est stricte dicta et lata per dei revelationem mente angustiore, ita sola poterat conferri cum lege a deo ipso in Paradiso Adamo data. Huc accedit, quod apud Paulum, quotiescunque oratio contexta non summa necessitate deduxerit alio, usquequaque erit tutius, vocem νόμου de lege Mosaica intellegere quam de alia re. Habitat enim fere P., quae apostolatūs ejus fuit indoles, in hac potissimum lege sive examinanda sive explodenda. „Utrum νόμος an πίστις“? haec est quaestio et actio totius vitae Paulinae.

Nihilominus Hofm. iterum l. c. p. 190. 191. νόμου post Theod. Mopsvestenum, patres alios, *non* de lege Mosaica sed de lege in universum vult intellegi, et V. 13ᵇ. sententiam universe valentem sibi deprehendisse videtur, idque jam ideo, quia deest articulus ante νόμου vocem — quod nihil esse, imprimis apud Paulum (alia est res in evangeliis), vel Winerus docet grammat. N. T. §. 19. (ed. 7. p. 117).

Sed haec non est res. Cohaeret potius iste error viri doctissimi arctissime cum eo, quod toto hoc loco omnia omnino sursum deorsum versat, nec fere hic quidquam est, quod recte explicet, siquidem vera sunt, quae supra de hoc loco scripsimus. Verba 13ª.: ἄχρι νόμου ἁμαρτία ἦν ἐν κόσμῳ, enarrat Hofm. p. 190: „bis *ein* Gesetz kam, — denn νόμου steht ohne Artikel — war Sünde da: es stand damit, wie es durch den Einen (Adam) geworden war“. Ergo ἁμαρτία dicitur ab Hofmanno istic quoque *Adami* esse peccatum, non eorum, qui ἥμαρτον! non eorum, quorum mentio proxime fuit facta, et propter quos V. 13. additur! Negatur eadem esse ἁμαρτία, quae illico dicitur, in: ἁμαρτία δὲ οὐκ ἐλλογεῖται, aut ea, quae est in ἁμαρτήσαντας V. 14! Nemini cuiquam potuit opinor dubium videri, an ἁμαρτία τοῦ Ἀδὰμ, postquam εἰσῆλθε εἰς τὸν κόσμον, jam revera etiam esset in mundo (ἦν ἐν κόσμῳ). Nihilominus Paulus ut hoc ipsum ipsis verbis adeoque iterum affirmaret, a se impetrasse dicitur ab Hofmanno, quamvis ne in usum quidem eorum, quae V. 14. sequuntur. Nam sagaciter profecto, sed omni simplicitate neglecta, Hofmannus a verbis ἁμαρτία δὲ etc. *novam* plane sententiam et a Versu 13ª. prorsus divulsam, invenisse sibi videtur, quae in universum et quasi in praetereundo esset addita. Quid? quod hac interpretatione admissa, ne V. 14. quidem ad V. 13., si verum quaeritur, respicit nec conclusio ibi fit e sententia V. 13ᵇ. nescio cur allata: sed omnem vim Hofmannus vult esse positam in ἐβασίλευσε, *non* — id quod solum secundum ea, quae disseruimus, concordat cum vero — ad urgendum hoc, quod necopinato mors teste historia regnavit etiam in eos, in quos ut praeter legem constitutos, nullum habere videretur jus, sed omnino ut de magnificentia et *amplitudine* dominii Mortis (vix quisquam dixerit in quem usum hic?) instituatur sermo. Provocat Hofm. ad artificiosam et (ut ita dicam) atomisticam hanc sententiam fulciendam eo, quod ἐβασίλευσε primo loco collocatum sit: quasi hoc non plus satis inde suam haberet explicationem, quod ἐβασίλευσε V. 14. verbis οὐκ ἐλλογεῖται μὴ ὄντος νόμου V. 13ʰ. est *oppositum*: quamvis *non* imputetur ergo *nullum* regnandi morti fuisset fas datum, nihilominus *regnasse* reperitur mors! Et quid tandem interesse poterat Pauli, ut istic *in universum* loqueretur de amplitudine mortis dominantis, cujus dominium, quum teste experientia omnes morerentur, nemo homo in dubitationem vocare poterat? Huc accedit, quod ita per Hofmannum V. 13. in partes duas, plane inter se discissas nec ullo inter se vinculo contentas, adversus contextam orationem ipsam divellitur, atque eādem vi, et verbis et rei illatā, etiam V. 14. divellitur a versu praegresso [16])! Tres atomi, quas vocant, pro „organismo“ Paulino! Fateor equidem ingenue, quamvis sagacitatem logicalem in hac quoque sententia explicanda mirer, me tamen non posse a me impetrare, ut interpretationem et a verbis et a mente alienissimam singillatim refutare coner.

Atenimvero quod Hofm. praeter articulum absentem, qui nihil facit ad rem, eo provocat, quod neque cum re neque cum verbis Paulinis ipsis Rom. 2,12. [17]) concordaret, si P. sententiam, universe in legem valentem, intra solius legis Mosaicae fines circumscripsisset, hoc quidem optimo jure facit vir doctissimus, modo discesseris a verbis hic interpretandis et ab usu, quo istic P. sententiam universam argumentationi suae singulari inserit. Res ipsa profecto latius patet. Neminem credo fugerit, verba: ἁμαρτία οὐκ ἐλλογεῖται μὴ ὄντος νόμου, separatim judicata, et mente et verbis profecto generalis sententiae prae se ferre speciem. Quid igitur judica-

---

16) Cf. adversus hanc interpretationem etiam Thol. et Mehring. Nam eandem sententiam Hofm. deprompserat jam Schriftbeweis I. p. 430 sq. ed. I.

17) Ὅσοι ἀνόμως ἥμαρτον, ἀνόμως καὶ ἀπολοῦνται· καὶ ὅσοι ἐν νόμῳ ἥμαρτον, διὰ νόμου κριθήσονται.

bimus, quum reliqua omnia huic interpretationi adversentur? Nimirum haec videtur res esse. Est quidem dictum: *οὐκ ἐλλογεῖται* etc. revera sententia generalis, etiam Paulo. Sed quamvis canon iste generatim valeat: tamen *istic*, ut monuimus, agitur de certa quadam imputatione ac de certa quadam poena, quippe de *morte*, quae non poterat infligi nisi sub certis quibusdam certae cujusdam legis condicionibus, qualis hic fuit lex per Mosem a deo ipso lata et mandatum aliquando per deum ipsum datum Adamo. Normae generalis forma esset haec: „Quatenus vel qua dignitate interna *lex*, eatenus vel ea gravitate etiam imputatio et supplicium", — id quod optime convenit et cum Rom. 2, 12. et cum isto, quem interpretamur loco V. 13. et 14. Videlicet ad *mortem* infligendam non evadit nisi ejusmodi *νόμος*, qualis vel Adamo fuit datus vel Mosi.

Atqui plus etiam concedendum est Hofmanno et majoris etiam momenti est quaestio. Etsi enim P. practicis de causis, ubi de *νόμῳ* facit sermonem, fere loqui non videatur nisi de lege Mosaica (quae ejus *natura* est) *mortua* e regione dei *vivi* vel (quod eodem redit) *χάριτος* divinae, cui soli salus nostra queat superstrui: tamen quae hac data opportunitate, adversus legis mortuae mortem ac pro gratiae vivae vigore ut solo vitae genuinae fonte limpido proferuntur a Paulo, haec profecto *re* generatim valent adversus omnem legem tamquam morum vitaeque fundamentum. Emanant enim generatim e legis ipsius indole, quatenus nihil est nisi „lex vel mandatum" i. e. norma aliqua quacunque ratione *extrinsecus* imposita. Quapropter etiam de Pauli sententia lex *tamquam lex* profecto non est idonea neque Mosaica *neque ulla*, quae voluntatis vitam animique penetralia sibi conciliet eoque vitae salutisque indat vires. E contrario *omnis* lex, quum alienum quiddam sit a nobis, et vita, conscientia, amore careat, quibus sese insinuare posset in animi nostri recessus liberos, vim tantum habet excitandi peccatum in nobis dormiens (*ἁμαρτίαν νεκρὰν* Rom. 7, 8.) et eliciendae cupiditatis, qua „nitimur in vetitum" h. e. in id, quod quum alienum sit a nobis ac jure potentiaque interna careat, nihilominus tamquam normam libertati nostrae sese obtrudere conetur. Ita lex et Mosaica *et omnis* excitat illa quidem peccatum in nobis consopitum ejusque — quod magnum est — nobis affert *ἐπίγνωσιν* (Rom. 3, 20.), at per se, ubi vitae amorisque (divini i. e. *χάριτος*) vi non fuerit redintegrata, et (qua ipsa caret) instructa fuerit *potentia* ethica, adauget tantummodo illud „nitimur in vetitum" eoque peccatum, quod sola *lege* accedente eaque *ἐπιγνώσει, fit παράβασις* i. e. culpa infectum atque

— prout lex est perspicua et gravis — obnoxium demum reddit imputationi (Rom. 4, 15. et *hic* V. 13. 14.). Quae quum ita sint, summum consilium ferendae legis et Mosaicae *et omnis* hoc solum *potest* esse, ut peccatorum conscientiā et vero etiam peccatis ipsis *per* legem adauctis, eo interius salutis desiderium excitetur eoque magnificentius amoris divini *viva* gratia redundet in omnes (V. 20. 21.). *Omnis* igitur lex, quamvis sit ἁγία καὶ δικαία καὶ ἀγαϑή (Rom. 7, 12.), tamen *tamquam lex* vitae est impotens mortisque pedisequa.

Haec est Pauli (ac vitae) doctrina generalis, cui innititur profecto argumentatio etiam specialis, quam isto loco deprehendimus. Quod si interius hucusque inter nos atque explicatius esset excussum, in clariore opinor jam luce esset collocatum, doctrinam Pauli de νόμῳ et χάριτι, ante haec paene duo milia annorum propositam, jam eradicasse adeoque formā vel doctae disquisitioni consentaneā, refellisse funditus ut omnem Judaismum et Catholicismum vulgarem ita omnem Stoicismum, Spinozismum, Kantianismum, Fichtianismum pariter atque ,,pessimismum‘‘ Schopenhauerianum, qui praesertim inter homines philosophiae amantiores ut videntur quam prudentiores, miras nunc hausit vires, immo *omnem omnino vitae rerumque existimationem, sive pantheisticam sive atheisticam, quae non tam vivo deo quam legi mortuae sive morali sive physicae et naturae sibi non consciae*, vitam hominis superstruendam esse ducat[18]).

Diutius quam voluimus in re sanequam gravi sumus commorati, nec nisi verbo possumus attingere loci interpretationem, quae paene longius etiam ab oratione Pauli contexta et a verborum simplicitate abhorrere videtur. Etenim Dr. Herm. Lüdemann, Lic. et Prof. theol. Kilionensis, quem a puero summo amplector amore, in libro supra allato: ,,Die Anthropologie des Apostels Paulus etc.‘‘ (Kiel 1872) p. 85 sq. (cf. 211 sq.), quum justo plus mihi tribuere videatur sagacitati Holsteni (imprimis ejus libro: ,,Zum Evangelium des Paulus und Petrus‘‘ 1868), vocem τῆς ἁμαρτίας hic quoque mente tantummodo objectiva, quam dicunt (,,das Böse‘‘), vult

---

18) Adversus errorem istum nunc latissime vagantem atque imprimis adversus Schopenhauerum, cujus ingenium nemo me pluris potest ducere, sine ira et studio et multa optime disputavit Dr. E. M. Frider. *Zange*, discipulus mihi carissimus, in libro sic inscripto: ,,Ueber das Fundament der Ethik. Eine kritische Untersuchung über Kant's und Schopenhauer's Moralprincip. Gekrönte Preisschrift. Leipzig 1872, — imprimis p. 196 sq. Conf. etiam colleg. carissimum Dr. Hartung: B. Hartung, die Selhstauflösung der negativen und pessimistischen Richtungen in der Gegenwart, Leipzig 1876.

intellegi (seclusa mente culpae vel imputationis), quum vox *παραβάσεως* potius mente subjectiva vel ethica dicatur apud Paulum (p. 83. „die Sünde", quam *nos* dicimus). Quibus innisus, omnem culpae imputationisve notionem (etiam Adami) eliminare studet L. e versibus 12—14. Nec fieri potest, quin ita tota, quam invenimus, Pauli ratiocinatio redigatur ad nihilum. Lüdemannum si audimus, Paulus argumentatur ita (p. 87. 88.): „Die Menschen starben, weil sie sündigten (V. 12.), und gesündigt müssen sie haben, denn sie starben (V. 13. 14.). Ein reiner Cirkel wird man sagen (profecto!). Aber *eben* dieser Cirkel beweist auf's schlagendste, dass im Bewusstsein des Apostels der Tod und die Sünde in dem Zusammenhange einer *natürlichen Solidarität* stehen, während er mit dem *ἁμαρτία οὐκ ἐλλογεῖται μὴ ὄντος νόμου* die Vermittelung dieses (?) Zusammenhanges durch eine positive Strafbestimmung ausdrücklich leugnet, den *νόμος* als Bindemittel zwischen Sünde und Tod *wegnimmt* (! et V. 20. 21. ? 1 Cor. 15, 56.? Quid dico? tota Pauli doctrina de lege, de peccato, de morte?) — Von den Nachkommen (Adam's) wird *geleugnet* (profecto!), dass ihr Tod auf Grund einer Zurechnung ihrer Sünde erfolgt sei. Also (?) wird es beim Stammvater nicht anders gewesen sein (??); mithin war seine *ἁμαρτία* keine straffällige Einzelnthat (? et tamen *παράπτωμα* V. 15. ? et *κρῖμα* et *κατάκριμα* V. 16. 18. ?), keine *παράβασις* (et nihilominus hac ipsa voce *παραβάσεως* insignitur V. 14. !), *sondern wie bei jenen, eine objective Beschaffenheit seiner Natur"* (nec culpa infecta nec imputationi obnoxia!) Atenim totius argumentationis Paulinae cardo vertitur in eo, quod non nos quidem, quippe qui usque ad Mosem quamvis etiamtunc reapse peccaverimus, legis divinae singularis fuerimus expertes, sed Adamus, qui habebat (in Paradiso) legem ejusmodi divinam, propter istam *παράβασιν* (V. 14.) *punitus* est morte, atque haec *poena*, hoc *κρῖμα* et *κατάκριμα Adami* (intercedentibus nostris ipsorum peccatis et dignitate Adami, in principio totius generis humani positi) ad nos translata est (sicuti Christi *δικαίωμα* et *praemium*, i. e. vita, intercedente *πίστει* 3, 22., et dignitate Christi, alterius capitis totius generis humani, ad nos translata sunt). Hinc *ista ἁμαρτία* Adami (V. 12.) nuncupatur *παράβασις* V. 14. et *discernitur* ibidem ab *ἁμαρτίᾳ* eorum, qui (usque ad Mosem) *οὐχ ἡμάρτησαν ἐπὶ τῷ ὁμοιώματι τῆς παραβάσεως Ἀδάμ*. Quae difficultas haudquaquam eo potest tolli, quod L. secundum Rom. 7, 13. monet p. 89: „Das Gesetz als befehlendes und drohendes ist es einerseits, welches die *ἁμαρτία* sollicitirt, so die *παράβασις* hervorruft und dadurch andererseits dem Subject die *ἁμαρτία naturae* als todtbringendes Princip *bemerkbar macht.*" Nam quod *ἁμαρτία*, necessitate, ut L. vult, et sine ulla culpa sive Adami sive nostra, insita omnibus, per *νόμον* „cognita" („bemerkbar") redditur, eo nondum est ea, quae culpam vel *κατάκριμα* (V. 16. 18.) contrahat supplicioque (i. e. morti) subjiciat. Injuncta autem est secundum Paulum non nobis quidem, sed Adamo haec „*παραβάσεως*" *culpa et imputatio.* Verba Paulina ipsa: *ἁμαρτία οὐκ ἐλλογεῖται μὴ ὄντος νόμου*, luculentissime et jam sola evincunt, Pauli doctrinam altiores trahere radices ethicas, quam quae ejusmodi judicium mere arbitrarium atque injustum praeter omnem culpam vel ab homine nedum a deo admittat. Refragatur haec explicatio praefracte quum toti doctrinae Paulinae soteriologicae et ethicae, tum comparationi ipsi, quam illustravimus[19]).

At vero istic quoque res altius repetunda. Radices enim agit in eo, quod L. ethicum libertatisque momentum cum multis hodie, in ipsa objectiva quam dicunt Pauli „justificationis" doctrina *praetermittit*, ideoque neglegit non solum in *ἐφ᾽ ᾧ πάντες ἥμαρτον*, quod *nostrum* est peccatum et ut ostendisse nobis videmur, vinculum cum Adami peccato *ethicum*, verum etiam in Adami *ἁμαρτίᾳ* ipsa, quam quamvis primam et Paulo auctore sine ulla dubitatione plane *liberam* i. e. ethicam, e falsa loci Rom. 7, 7. sq. interpretatione ipsam quoque vult mere esse physicam, necessariam, libertatis culpaeque expertem. At prorsus non est, cur objectivam Pauli de „satisfactione" doctrinam etiam acuamus, et ipso plus tribuamus soli dei gratiae i. e. istic: mero arbitrio. Negat L. (p. 86. et saepius), se intellegere posse, unde *παράβασις* trahat originem, nisi *ἁμαρτία* (*νεκρά*) jam ante *παράβασιν etiam in Adamo* affuisset! Quod ipsum vult Paulum nos hīc (Rom. 5, 12.) docere[20]).

---

19) Quod L. p. 88. 89. etiam ad praepositionem *διὰ* V. 12. non cum accus. sed cum genit. conjunctam recurrit, vix est, cur meminerimus. *Διὰ τὴν ἁμαρτίαν* esset „*propter* Adami peccatum", et — vel convenientius explicationi L. — *deum* agentem introduxisset, qui arbitrario consilio, Adamo culpae insonti inflixisset mortem. *Sed iste accusativus non est scriptus. Διὰ τῆς ἁμαρτίας* i. e. „*per* Adami peccatum" et praepositio *διὰ* in *omnibus* qui insequuntur versibus cum *genitivo* conjuncta, respondet accuratissime verbis *δι᾽ ἑνὸς ἀνθρώπου* (*᾽Αδὰμ*) V. 12. i. e. omni qua fieri potest vi urget, Adamo ipso *auctore* ejusque *actu* et culpa, et peccatum et mortem intrasse in mundum. Quod est contrarium ab eo, quod contendit L. Ceter. cf. etiam Dietsch, Adam und Christus. Rom. 5, 12—21. Bonn. 1871. p. 23., scriptionem eximiam.

20) l. c. „Zum tausendstenmal taucht die Frage auf, woher denn (auch in Adam) die *παράβασις* ohne die (schon vor dem „Sünden" -Falle als *vorhanden* zu setzende) *ἁμαρτία* plötzlich herkomme?" — Parentheses hujus enuntiati ipse addidi, sed nisi me fallit, ex mente Lüdemanni.

Ergo quasi quoddam „peccatum originale" jam in Adamo et ante lapsum. Enimvero quaerit ita L. suo jure et longe circumspectius multis, qui difficultatem hanc aut praetereunt aut fugiunt. Atqui *Paulus* quaerendus, nec difficultates, quae ex ejus doctrina oriri videantur. Et si L. libertatis (*ἐλευθερίας*) notionem ac vim, quippe omnis ethices etiam Paulinae fundamentum, interius esset rimatus eamque deprehendisset ut debebat (et in Adamo ante lapsum *et* vero etiam *in Christo*) tamquam *inter* et *supra σάρκα*, i. e. *vim* inertiae quidem malitiaeque *fontem*, sed haudquaquam *per se* nequam, et *inter* et *supra πνεῦμα*, i. e. vitae coelestis organum, quod ut queamus esse naturae *ethicae*, *σαρκὶ* etiam ante et praeter peccatum est adversarium, — si libertatem hanc *inter* et *supra σάρκα* et *πνεῦμα* deprehendisset tamquam eam *quae est*: tamquam ethicum illud Ego, quod e pugna jam Adamitica inter *σάρκα καὶ πνεῦμα* (Gal. 5, 17.) erumpit, e cujus penetralibus emergunt demum actiones eae, quae vere sunt nostrae et liberae, ideoque solae culpam (*ἁμαρτίαν* etiam *Ἀδὰμ*) contrahunt: tum hanc quoque sibi solvisset quaestionem nec sinceritati ethicae Pauli doctrinae intulisset vim. Jam in Adamo fuit *σάρξ* et ante lapsum (ut in Christo); sin minus, nec peccare potuisset nec culpam contrahere. Sed haec *σάρξ*, peccati *fons*, nec ipsa est peccatum, nec ea (Adami) *ἁμαρτία*, de qua V. 12. loquitur Paulus. Christus habuit istam *σάρκα*, (ut Adamus ante lapsum,) nec vero peccatum!

Sed manum de tabula, praesertim quum rem difficillimam ac summi momenti hīc vix primis labris possim gustare, nedum exhaurire. Commemini equidem, Lüdemannum rogare lectores, ut quam exhibuit anthropologiae Paulinae adumbrationem, una velint ac contexte examinare. Quod hīc fieri nequit. Satis igitur mihi est, errores inde oriundos ab *isto* loco defendisse, et quoad ejus fieri hic poterat, ostendisse rursus, quam alte hic locus haudquaquam proxime anthropologicus, radices suas ageret in doctrinam etiam anthropologicam.

Similitudinem, quae soteriologice intercedat inter Adamum et Christum, V. 12—14. commonstrasse videtur Paulus. A versibus 15—17. jam transgredi videtur per *ἀλλὰ* (V. 15.) ad delineandam utriusque *dissimilitudinem*. Quod ubi statuerimus, — et fere solet statui — totus locus commode videtur disponi posse in partes *quattuor* has:

    1) de similitudine V. 12—14.

    2) de dissimilitudine V. 15—17.

    3) de utriusque comprehensione V. 18—19.

    4) de ultimo legis Mosaicae consilio. (Ita rursus Dietzsch l. c. p. 24—26. et fere Klöpper, Stud. u. Krit. 1869. p. 500 sq.)

Sed hoc ipsum, quod pars tertia *utramque* partem priorem, et similitudinem et dissimilitudinem (per ἄρα οὖν V. 18., quod ad utrumque pertinet) in unum comprehendit, ostendit luculenter, partitionem istam e loco similitudinis et dissimilitudinis, nec rem acu tangere et vero etiam esse falsam. Similia enim et dissimilia non tantum juxta se collocari, sed ita comprehendi in unum, absurdum est.

Nec fit V. 18. et 19. nec omnino.

Enimvero notionem νῦν V. 11. extr. ut vidimus, continuatam illam quidem voculis διὰ τοῦτο V. 12. ineunte, collustrare voluit P. toto hoc loco (cf. 3, 21. 8, 1.). Ob oculos voluit ponere *discrimen,* quod interest inter tempus ab Adamo praeterlapsum et inter tempus salutare, quod per Christum generi humano *nunc* illuxit. Ergo totus locus agit de *dissimilitudine* inter Adamum et Christum, vel tempus Adamiticum et Christianum, et de majestate ac praestantia posterioris prae priore. Nimirum ex altera parte *mors,* ex altera *vita,* — quo nihil magis contrarium cogitari potest. Est quidem ex utraque parte „unus“ tantummodo (εἷς), historiae utrimque cardo, et est haec profecto similitudo quaedam. Sed istic quoque alter (Adamus) est τύπος tantum alterius; alter vero (Christus) solus est res et veritas consilii illius salutis divinitus condonandae, quod negante quasi forma i. e. sub *morte* ab Adamo ad nos translata, latet in Adamo quoque. Quid? quod ne potuisset quidem mors, quae dei est justitia ac benignitas, ab Adamo ad ejus propaginem transferri, nisi inde a principio Gen. 3, 15. Joh. 1, 3. 4. Hebr. 1, 2. 3. c. 11. coll. 9, 26.) *vitae* (ζωῆς) translatio per λόγον ἄσαρκον et ἔνσαρκον apud deum simul fuisset destinata, praeparata, perpetrata. Etenim Christus e morte omnes in vitam educens, recludit demum mysterium dei justi ac gratiosi, quod latet in Adamo, qui quamvis unus, tamen omnibus repertus est mortifer.

Atenim plura etiam inde efficiuntur et accipiunt lucem. Nimirum hac ipsa de causa scripsit P. V. 15. ἀλλά! Tantum enim abest, ut — id quod vulgo existimant — Paulus particulā ἀλλά a similitudinis hucusque descriptione jam ad dissimilitudinis censendus sit transgredi, ut toto loco non agatur nisi de dissimilitudine, et jam V. 12. ipso vis haudquaquam insit in verbis δι’ ἑνὸς ἀνθρώπου, i. e. in similitudine, sed in verbis ἡ ἁμαρτία et ὁ θάνατος, quae vox posterior *ob id ipsum* — multis profecto librariis et codicibus et editoribus insciis — in eodem versiculo (V. 12. med.) scripta est *bis.* Quae quid sibi volunt? Vim opinor versu 12. quoque inesse in eis, quae ut peccatum et mors, *contraria* sunt Christi vitae et operi! Sed Paulus, quod versu 14 extr. τύπου voce de Adamo fuit usus eoque Adamum Christo aequiparasse poterat videri, quum contrarie eorum dissimilitudinem et Christi temporisque christiani *praestantiam* vellet ob oculos ponere, jam *corrigit* per $\mathring{\alpha}\lambda\lambda\mathring{\alpha}$ verba V. 14. ultima: $\ddot{o}\varsigma\ \dot{\epsilon}\sigma\tau\iota\ \tau\acute{v}$-$\pi o\varsigma\ \tau o\tilde{v}\ \mu\acute{\epsilon}\lambda\lambda o\nu\tau o\varsigma$, et *continuat* V. 15.—17. dissimilitudinis adumbrationem, quam exorsus fuit exponere jam V. 12. ipso, a quaque deductus fuit et per vocem $\tau\acute{v}\pi o\nu$ fere in contrarium abductus versibus 13. et 14., explicationi tantum ac circumscriptioni verborum: $\dot{\epsilon}\varphi'\ \mathring{\dot{\phi}}\ \pi\acute{\alpha}\nu\tau\epsilon\varsigma\ \ddot{\eta}\mu\alpha\rho\tau o\nu$ inservientibus. Itaque hic quoque P. ex more suo reperitur respicere ad ea, quae proxime praegrediuntur ($\mathring{\alpha}\lambda\lambda\mathring{\alpha}$ ad „$\tau\acute{v}\pi o\varsigma$"), nec vero ad totum qui antegreditur versum, nedum ad totam sententiam. $\mathring{A}\lambda\lambda\mathring{\alpha}$ si *mentem* loci excusseris, resumtio potius hīc est quam oppositio, et haec de opponendis versibus 12. et 15. sq. interpretatio tandem prorsus erit abjicienda[21]).

Quae sequuntur confirmant quam posuimus interpretationem.

Nec enim quidquam aliud nisi dissimilitudinis descriptio, si discesseris rursus ab eo, quod ab utraque parte est $\epsilon\mathring{\iota}\varsigma$ isque loco omnium, inest versibus 18. et 19. ubi tota comparatio comprehenditur in unum. De Christo enim ejusque praestantia, non vero de simplici ejus cum Adamo comparatione, ibi est sermo. Nec alio denique tendunt, quae V. 20. et 21. de fine $\nu\acute{o}\mu o\nu$, collato illo quidem cum fine $\chi\acute{\alpha}\rho\iota\tau o\varsigma$ et $\pi\acute{\iota}\sigma\tau\epsilon\omega\varsigma$, expromuntur.

Videlicet de *dis*similitudine est sermo etiam V. 19., ubi primo adspectu comparationem simplicem et omni ex parte plenam deprehendisse sibi quispiam fortasse visus fuerit. Ibi quoque inhaeret omnis vis verbis: $\dot{\alpha}\mu\alpha\rho$-$\tau\omega\lambda o\grave{\iota}\ \varkappa\alpha\tau\epsilon\sigma\tau\acute{\alpha}\vartheta\eta\sigma\alpha\nu$ e regione verborum: $\delta\acute{\iota}\varkappa\alpha\iota o\iota\ \varkappa\alpha\tau\alpha\sigma\tau\alpha\vartheta\acute{\eta}\sigma o\nu\tau\alpha\iota$ i. e. *oppositio* inest, non simplex comparatio, — id quod clare inde emergit, quod V. 19. per $\gamma\grave{\alpha}\rho$ cum V. 18., et quidem (ut liquet e futuro: $\varkappa\alpha\tau\alpha\sigma\tau\alpha\vartheta\acute{\eta}\sigma o\nu\tau\alpha\iota$) rursus cum V. 18. verbis *ultimis* $\epsilon\mathring{\iota}\varsigma\ \delta\iota\varkappa\alpha\acute{\iota}\omega\sigma\iota\nu\ \zeta\omega\tilde{\eta}\varsigma$ nectitur. ·Futurum enim istud spectat, ut $\beta\alpha\sigma\iota\lambda\epsilon\acute{v}\sigma o\upsilon\sigma\iota$ V. 17. et fere semper ejusmodi futura apud P. ad judicium extremum vel tempus $\pi\alpha\rho o\upsilon\sigma\acute{\iota}\alpha\varsigma$[22]). Mens est haec: „Ut

---

21) Toto igitur ut ajunt coelo errant, qui ut Homberg, Schöttg., Stolz, Mehring alii, V. 15. ineunte verba $\dot{\alpha}\lambda\lambda'\ o\mathring{v}\chi$ etc. usque ad $\tau\grave{o}\ \chi\acute{\alpha}\rho\iota\sigma\mu\alpha$, mente interpretantur interrogativa: „An non ut delictum, ita (est) gratiae opus?" Ita subvertunt non versūs tantum sed totius loci mentem penitus, quamvis P. hoc interdixerit jam eo, quod non scripsit $\mathring{\eta}$ sed $\dot{\alpha}\lambda\lambda\acute{\alpha}$.

22) Ita recte interpretantur etiam Reiche, Fritzsche, Umbr. l. c. p. 56, Meyer, Dietzsch, p. 191. Klöpper p. 511.; falso Mehring tempus hoc futurum omnino ad exspectationem refert certam, Rothe autem l. c. p. 153. plane praetermittit futurum et ita — omnino falso — interpretatur, quasi tempore praesenti P. uteretur. Beza, de W., Lange al., de *continua* cogitant justificandi vi!

olim (et hucusque) multi illi *peccatores* constituti sunt (eo, quod *morti*, peccati pedisequae, fuerunt subjecti), ita e contrario, qui *nunc* nobis in Christo reclusus est salutis fons aliquando, die παρουσίας Christi, constituentur *justi* (quippe quum futurum sit, ut resurrectionis vitaeque aeternae reddantur participes)." Ergo oppositionis vis et momentum, quod inest in verbis εἰς δικαίωσιν ζωῆς, consultissime a Paulo loco V. 18. extremo collocatis, idem inest etiam in V. 19., qui rationis hujus *oppositae* et causam affert (γάρ) et tempus definit (futur.) et adumbrat indolem (ἁμαρτωλοί, — δίκαιοι) et circumscribit gyrum (πολλοὶ ab utraque parte). Non *ut* utrique sint, describitur: sed *quia* alteri, historia teste et *actu* divinitus inflicto (i. e. moriundo), constituti sint et constituantur peccatores, *ideo* certam, immo vel certiorem esse rem etiam contrariam et longe praestantiorem hanc: ut iidem (modo credant) *actu divino* (δικαιώσει ζωῆς eāque vivendo — secundum „justificationem forensem", non vero ethice) constituantur aliquando *justi*[23]). Non de eorum sanctimonia, sed de victoria et glorificatione (δόξῃ V. 2.) tandem reportanda agitur (ζωή V. 18.). Justi

---

23) Verbum τοῦ καθίστασθαι haudquaquam significat, ut Rothe arbitratur l. c. p. 153: „Das Versetztwerden in ein wirkliches (subjectives, ethisches) Gerechtwerden" ex altera parte, et „Sündigwerden" ex altera, (Dietzsch, p. 190.), nec ut Meyerus, sibi constans quidem post falsam verborum ἐφ' ᾧ πάντες ἥμαρτον V. 12. explicationem, vult: „Gesetztwerden in die Kategorie von Sündern, *weil* sie nämlich *in und mit Adam's Falle gesündigt* (?) haben." Quum enim in membro V. 19. altero respondeat κατασταθήσονται et eandem habere debeat mentem, quam κατεστάθησαν in membro priore, inde consequens esset, ut etiam οἱ πιστεύοντες tamquam δίκαιοι (ἅγιοι) constituerentur, *quia in et cum Christi vita peccati experti* ipsi quoque *mente ethica* justi essent facti *et peccati ethice expertes* (ἄμωμοι)!" Quo nihil alienius est a Pauli doctrina. Nam Paulo auctore non „propagatur" ad nos Christi justitia nec perpetratur „a nobis ipsis" „in Christo" (!), sed *imputatur* nobis in fundamento fidei, ut *ita* jam in statu gratiae *praevenientis* arreptae libere, idonei reddamur, qui arreptā per spiritum sanctum reconciliationis etiam vi, jam ipsi quoque legi vel potius voluntati divinae satisfaciamus. — Ipse Meyerus catholicam hanc verbi κατασταθήσονται interpretationem de „infusa et ethica justificatione" contra Bisp. Döllinger., al. explodit. Sed eadem insit notio necesse est in κατεστάθησαν. Locus ex comparationis membro ad Christum pertinente refutat apertissime et ipse Meyeri etc. sententiam de nobis *peccandis* (pro: moriundis) „in Adamo", et omnino interpretationem de peccato originali vel ab Adamo mente vulgari et simul cum culpa Adami in nos *propagato*. Quam necessario ad catholicam ducere doctrinam de justificatione in nos transfusa et propagata supra diximus. Evertit enim doctrinam de „justificatione forensi *et vicaria*": i. e. doctrinam *de jure dei (quae ejus est gratia absoluta ideoque usquequaque praevia) majestatico, obtinendi locum in omni salute condenda absolute p r i m u m* (Apoc. 1, 8. Phil. 2, 13. sexcenties). Qua doctrina eversa, quacunque fuerit forma, eversa erit

autem ita *declarati*, tam viribus vitae quoque nove temperandae quam aeterna impertientur salute [24]).

sine ulla dubitatione et ecclesia evangelica ipsa, imprimis quae a Luthero gestat nomen, et Paulus totus et vero etiam omnis rationalis hominis ad deum ratio. Nimirum dei tamquam naturae *absolutae* notio ipsa ita tollitur. Quin totius Protestantismi, quem vocant, omnisque doctrinae et dogmaticae et philosophae mysterium verum est ac fundamentum haec de „justificatione forensi“ doctrina, modo quid sibi velit, recte et e genuina Pauli mente fuerit explicatum. Quapropter controversia, quae ante hos nonnullos annos varia forma (Hofmanni et Hengstenbergii) de „justificatione plene forensi *et vicaria*“ est agitata, necdum composita, mihi semper visa est agi non de nova veteris sententiae *forma*, sed de fundamento ecclesiae et doctrinae evangelicae imprimisque Lutheranae, et omnino de fundamento, cui innitatur omnis sana de dei ad hominem ratione dijudicatio docta quoque et philosopha. Quaestio autem de satisfactione *vicaria* cohaeret simul cum vera *libertatis* atque amoris notione vere agnita. Utraque enim *postulat* rationem *vicariam*. Et tantum abest, ut severitas justificationis solā gratiā collatae et fide apprehensae, officiat momento *ethico* et libertati, ut qua cautione P. ejus rationem ducat, verbis ἐφ' ᾧ πάντες ἥμαρτον *recte* explicatis, ut saepius diximus, vel hic in oculos incurrat, ubi apostolus omnino ne agit quidem de eo, quid nobis faciundum sit in salute adipiscenda, sed de solo deo et Christo, salutis fundatoribus. Videlicet πίστις Paulina non magis est religiosa quam ethica et actio libertatis in gratia fundatae. Et quod P. V. 15. ineunte per oppositionem quam dicunt obliquam π α ρ ά π τ ω μ α opponit τῷ χαρίσματι, hoc et ipsum fit ideo, quod in parte peccati *ethicum* momentum, in parte vero gratiae momentum *religiosum* urgere vult. Quid quod Christus ipse missus est et *passus* pro nobis *ethicis* de causis! Enimvero propter sanctimoniam dei, cui et *in se* et pro nostra conscientia fuit satisfaciundum! Sine Christi satisfactione ne cogitari quidem potest ulla doctrina ethica. Quo nihil Paulo ipsi est certius.

24) De vocabulo καθιστάναι conferri possunt, quae caute et cicumspecte monet *Cremer:* bibl.-theol. Wörterbuch der neutestamentl. Gräcität (1. Ausg. 1868) p. 262 sq., quamquam quid sibi velit isto loco, interdum dubii possimus haerere. His enim utitur verbis: „Die Wahl des Ausdruckes (καθιστάναι) Rom. 5, 19. erklärt sich theils daraus, dass es sich nicht bloss (? omnino non) um die sittliche (?) Qualität, sondern vor Allem um die daraus sich ergebende Situation derer handelt, die Sünder (?) u. s. w. (?) *sind* (?), theils aus der Rücksicht auf die anderswoher (?) kommende Einwirkung, insbesondere (? duntaxat potius!) auf den Begriff der δικαίωσις, sofern dieselbe ein μετάθεσις ist“ (— sed quatenus est μετάθεσις?). Videlicet de „qualitate ethica“ hic prorsus non agitur, nec de peccato peccatorum (ἁμαρτωλῶν) mente ethica, sed secundum imputationem, et de δικαιώσει, quae, quum sit δικαίωσις, *non* est „μετάθεσις“ ethica. Καθιστάναι τινά τι pro orationis argumento denotat: „aliquem constituere aliquid“ *aut re* (i. e. ethice), ita ut *sit*, quod dicatur esse constitutus, *aut actu* forensi (et historice i. e. sese gerendi ratione in aliquem, ita ut *agendo* declaremus aliquem id quod dicatur esse constitutus, ut istic: *morte infligenda* et *vita condonanda*). Solam posteriorem mentem hic admittunt orationis contextura et verba: δίκαιοι καταστασθήσονται, de quorum mente tantummodo forensi nemo quisquam, qui vel paulo interiorem Pauli notitiam contraxerit, poterit dubius esse. Cf. Köstlin, Jahrb. f. deutsche Theol. 1856. p. 95. Aberrat a vero etiam Dietzsch p. 185 sq

Ergo ne hic quidem de Adamo et Adamiticis, sed de Christo et Christianis agitur de Christique prae Adamo praestantia i. e. de *dissimilitudine* et certitudine salutis Christianae nunc nobis communicatae et comparatae cum pernicie temporis hucusque Adamitici. Totus igitur locus, quamvis subtilissime dispositus et pure pute dogmaticus, tamen plene est quem ajunt simul practicus, et arctissimo continetur vinculo cum tenore etiam totius quod antegreditur capitis quinti, quod solatii triumphique Christiani luculentissimam prae se speciem fert. Quid enim ad Paulum Adamus et tempus ejus praeterlapsum? De *Christo* agitur, de tempore salutis *praesenti* ejusque praestantia; de Adamo eatenus tantum, quatenus gloriae illius ac praestantiae inserviat illustrandae.

Quae quum ita sint, nemini opinor poterit mirum accidere, quod hujus totius loci dispositio et progressus ex isto „dissimilitudinis" loco, aliter quidem atque vulgo censent, sed nullo jam negotio redigitur in ordinem. Adumbratur enim dissimilitudo ista

1) V. 12. secundum diversum utriusque *effectum:* „Adamus *mortis,* Christus *vitae* est principium". (V. 13. et 14. in praetereundo tantum adduntur. Confirmant et explicant tantum momentum V. 12. secundarium: ἐφ' ᾧ πάντες ἥμαρτον, quod quum ethicum sit, ubi falso fuisset judicatum, rei primariae, doctrinae de morte propter Adami, non propter nostrum ἥμαρτον inflicta, periculum potuisset injicere. Verbis ὅς ἐστι τύπος resumit P. orationis filum V. 13. et 14. abruptum.)

2) V. 15—17. *continuat* P. hanc dissimilitudinis declarationem secundum *certitudinem* condicionis, quae ab utroque trahit originem. Quae major certitudo salutis Christianae quam perniciei Adamiticae, quamvis historicae et coram omnium oculis positae, secundum ipsas totius Paulinismi radices altissimas conficitur e χαρίσματος (V. 15.) notione, et ita quidem, ut

   a) V. 15. e *dei* natura ad benefaciundum potius quam ad condemnandum incumbente argumentetur Paulus, ergo concludat *theologice* vel e dei notione,

   b) V. 16. autem *operis* condemnandi et salvandi (κρίματος et δωρήματος) examinet naturam, relatam illam quidem ad dei indolem, i. e. concludit hic P. *soteriologice.* „Si ab uno, ait P., judicium (κρῖμα) abiit in damnationem (κατάκριμα), salus autem vel gratia suppeditata (χάρισμα) e multorum potius peccatis abiit in judicium justificans (δικαίωμα): haec *operis* salutaris (χαρίσματος, δωρήματος) indoles ipsa quoque vel ut ita dicam: illud *plus* χαρίσματος quam κρίματος, et ipsum congruit optime cum benigna et gratiosa dei ut opificis natura, eoque certiorem reddit salutem in Christo nobis paratam."

Magnopere igitur errant hīc etiam Dietzsch p. 20. sq. et Lange comm. p. 211. Res videtur haec esse.

Magnitudo quidem operis salutaris et quasi „quantitas" V. 16. describitur verbis: τὸ κρῖμα ἐξ ἑνὸς (ἐγένετο) εἰς κατάκριμα· τὸ δὲ χάρισμα (ἐγένετο) ἐκ πολλῶν παραπτωμάτων εἰς δικαίωμα: quae tandem, ait P., χαρίσματος prae κρίματι praestantia! Illic multi, hic unus tantum in censum venit[25]! Versu autem 15. natura ejusdem χαρίσματος *interna* (vel „qualitas"), secundum fontem in deo *ethicum* urgetur verbis: πολλῷ μᾶλλον ἡ χάρις τοῦ θεοῦ καὶ ἡ δωρεὰ — εἰς τοὺς πολλοὺς ἐπερίσσευσε — nimirum pro dei indole. Quam χάριτος notionem, argumentationis momentum primarium, ut magis etiam collustret, addit P. V. 15. ἐν χάριτι τῇ τοῦ ἑνὸς ἀνθρώπου Ἰησοῦ Χριστοῦ, quod ut pars *divina* respondet verbis τῷ τοῦ ἑνὸς παραπτώματι ut parti *humanae* in membro priori, et vel ideo non ad substantivum „ἡ δωρεά", sed ut τῷ τοῦ ἑνὸς παραπτώματι ad verbum ἀπέθανον, ita ad *verbum* ἐπερίσσευσε pertinet.

Hanc vero salutis V. 16. magnitudinem ejusque prae tempore Adamitico praestantiam non commemorat P. nisi quasi in transitu. Istic quoque, ut solet, a verbis proxime praegressis *extremis* (V. 15.

---

25) Supplendum est, ut supra parenthesi indicamus, post ἑνὸς etc. non praes. ἐστί (Meyer etc., ita ut sententia sit generalis) nec alia, sed simpliciter praet. ἐγένετο vel ἦν, ut liquet e praeteritis circumcirca (ἁμαρτήσαντος V. 16., ἐπερίσσευσε V. 15., ἐβασίλευσε V. 17. — quamquam mors, physice certe, dominatur etiamnunc — κατεστάθησαν V. 19. cf. V. 20. et 21. et 12.). Non est sententia universe dicta, sed *historia* sacra, id quod plurimum referre ad voces difficiles δικαιώματος (et κατακρίματος) recte explicandas mox viderimus. Item et eadem de causa versu 16. ineunte supplendum est: καὶ οὐχ ὡς δι ἑνὸς ἁμαρτήσαντος [— non: ἁμαρτημάτων, quod irrepsit in nonnullos codices e „παραπτωμάτων" et „δώρημα"] (ἐγένετο τὸ κατάκριμα, ἐγένετο) τὸ δώρημα. Nam *historica* est et *bimembris* haec quoque sententia, quae quantum fieri potest forma succinctissima, praeparat sententiam quae illico insequitur, historicam et ipsam bimembrem. Nec igitur assentiri possum Meyero, qui cum Rothio Ew., v. Hengel graece quidem (Bernh. Synt. p. 332 sq.), sed neglecta hac forma totius loci bimembri, explicat: „Non (tale est) δώρημα ut per unum, qui peccarit". Accedit, quod inepta est sententia inde redundans: δώρημα vel χάρισμα contigisse per unum *peccantem!* Quasi hoc fieri potuisset! Vox ἁμαρτήσαντος Paulo tum fuit omittenda. Est signum et res membri *alterius*. Ita etiam diligentissimus Dietzsch p. 136.

extr.): *εἰς τοὺς πολλούς*, deduci se passus est ad sententiam novam et secundariam, etsi cognatam: ad *χάρισμα*, „quod *ἐκ πολλῶν* (ergo masc. non neutr. gen., cf. *ἐξ ἑνός*) *παραπτωμάτων* abiit *εἰς δικαίωμα*"[26]). Nec hoc ipsum quidem memorat, nisi ut magnae hujus gratiae convenientiam cum dei natura eoque ejus certitudinem vel dilucidius illustret, — id quod emergit plenissime quum e voce *δωρήματος*, dei *χάριν* generatim (non ejus mensuram tantum) commonstrante, tum imprimis e *γὰρ* V. 17. in. Hoc enim versu argumentum (*γὰρ*) pro salutis christianae *certitudine* non amplius repetitur a gratiae magnitudine et quasi mensura (V. 16.), sed ferme ab hoc solo, quod *ἡ χάρις καὶ ἡ δωρεὰ τῆς δικαιοσύνης διὰ τοῦ ἑνὸς Ἰησοῦ Χριστοῦ*, (pro dei natura benigna mundique gubernatione divina) quantum fieri potest certissima est judicanda, *si — id quod est*, teste historia — dolente quasi deo, justo illo quidem sed eodem gratiosissimo, *ὁ θάνατος* adeo *ἐν ἑνὶ παραπτώματι ἐβασίλευσε διὰ τοῦ ἑνός*! Nimirum longe facilius vitam deus quam mortem hominibus ita miserit! Ergo si *mors* certa, uti est, longe certior vita! In qua argumentatione (V. 17.) notio *magnitudinis* gratiae divinae (V. 16.) quasi emicat duntaxat in verbis: *ἐν ἑνὶ παραπτώματι* et in voce *περισσείας* (cf. V. 15.): reapse et in reliquis omnibus veluti dominatur V. 15. (non 16.) nisi quod hīc (V. 17.) loco *causae* (*χάριτος* V. 15.), *χάριτος effectus* (*τὸ βασιλεύειν ἐν ζωῇ*), et loco rei (V. 15.) pro practico expositionis consilio, *personae*, quae dominationis in Christo erunt participes (*οἱ τὴν περισσείαν τῆς χάριτος — λαμβάνοντες*) in illustri loco collocantur. Et vero etiam particip. praesentis: *οἱ λαμβάνοντες* ostendit, quanto vividius Paulus de lectoribus quam de argumento ipso cogitaverit et de reconciliationis efficacitate continuata potius ac perenni quam nescio quomodo retro tantum absoluta. Non disciplinae cujusdam doctae vel dogmaticae, sed vitae hic quoque prodit fundamenta ut aeterna ita historica[27]).

---

26) Itaque logice non praeter causam, etsi grammatice non recte, R. Rothe suadet, ut V. 16. parenthesi includatur, et V. 17. non ad V. 16. sed 15. referatur. Quod discedit in ejusmodi locis a Pauli et cogitandi et scribendi consuetudine, et eo magis etiam dissuadendum est, quod verba *ἐν ἑνὶ παραπτώματι* versu 17. *ineunte* (ita enim legendum, cf. infra) apertissime respiciunt ad verba *ἐκ πολλῶν παραπτωμάτων* V. 16. *exeunte*. Nec igitur divelli possunt hi versus. Sed recte animadvertit vir acutus et orationis *contextae* difficultatem et mentem versūs 16. secundariam. Argumentationis progressus a V. 15. ad V. 17. versu 16. interrumpitur magis quam continuatur.

27) Iam propter rationem hanc loci internam V. 17., etiamsi missos feceris codices hīc admodum fluctuantes pro verbis textus recepti et Lachmanni: *τῷ τοῦ ἑνὸς παρα-*

Evicta igitur est (V. 15—17.) haec salutis christianae certitudo ejusque prae Adami pernicie magnificentia! Voce βασιλεύσουσι V. 17. ad summum quasi fastigium evecta est haec certitudo atque triumphat! Nihil est reliquum, quod attinet ad Adami et Christi inter se ponderationem, nisi ut omnia, quae dixerit apostolus, quasi sub unum congerat adspectum, — id quod fit

3) V. 18—21. Viam huc sibi munit P. particulis ἄρα οὖν, alienis illis quidem ab usu scriptorum melioris notae [28]), sed apud Paulum admodum tritis nec usquam sine sollemnitate quadam aut gravitate. Enimvero conscius sibi est P., magnam se confecisse rem. Pertexit autem orationis filum ita, ut

a) V. 18. *rem* vel dissimilitudinem ipsam adeoque oppositionem comprehendat in unum (δι' ἑνὸς παραπτώματος, — δι' ἑνὸς δικαιώματος — εἰς κατάκριμα [θάνατον], εἰς δικαίωσιν ζωῆς,) — ita ut nihil inter eos reperiatur commune praeter hoc, quod uterque secundum destinationem divinam et vim reconciliationis *internam* (*etiam* Christus) εἰς πάντας ἀνθρώπους suam tum exhibuit efficaciam tum exhibet; deinde vero

b) V. 19. (γὰρ) rei *certitudinis* causam proferat in medium, et conveniat cum verss. 15—17. (ut V. 18. proxime cum V. 12.) in eo quoque, quod etiam istic *gradus* et *mensura* gratiae („quantitas“) in argumentationis usum vocatur. Nam vis versūs 19. inest in verbo: οἱ πολλοὶ bis posito ac bis collocato in fine: „*Si* a parte mortis pro severitate justitiae divinae sunt *multi*, inquit P., (et *sunt,*): longe certius quae dei est benignitas, *totidem* erunt *a* parte *vitae*“. Qui πολλοὶ (cf. V. 12. 18. 15.) profecto sunt tot quot πάντες; sed πάντες

πτώματι legendum est cum Tischendorfio ed. 7. (non amplius 8.): ἐν ἑνὶ παραπτώματι, quamvis πολλῶν V. 16. (vide supra) non neutrius sed masc. sit generis. Nam non quod unus peccavit, sed quod unum (Adami) peccatum tantam exhibuit efficaciam, haec est oppositio.

Atenim sequitur ex eis, quae disseruimus, etiam hoc, ut Hofm. l. c. p. 197. erret, qui non tantum V. 16. sed in omnibus hisce versibus (V. 15—17.) de gratiae in Christo datae *gradu* et omnino de mensura efficaciae divinae ab utraque parte (Adami et Christi) ponderatae, sermonem fieri censet, et quidem propter se ipsum. Quod utrumque falsum. Rectissime vero idem Hofm. contra (Melanchthonem et) Meyerum negat istic agi de diverso Adami et Christi *effectu*. De quo agitur V. 12. Hīc vero agitur, ut vidimus, de *certitudine* salutis christianae ejusque radicibus. Haec etiam contra Dietzsch p. 18 sq. et Lange.

28) Sis cf. Herm. ad Vig. p. 823. §. 292. ad Erfurdtii ed. min. Soph. Antig. 628. Klotz ad Dev. p. 717.

minoris hīc momenti fuisset quam *πολλοί* et alienum ab argumentatione. De *multitudine* enim agitur ex utraque parte
(ex mortis et vitae), de multitudine, inquam, quae deo gratioso
a parte poenae et mortis infligendae est quasi quoddam
„justo plus“, quod ubi fieri potuisset, maluisset *non* inferre;
a gratiae autem parte ac vitae, quamvis summae, et vero
etiam complexae *omnes*, tamen quasi quoddam est „justo
minus“, nec satis videtur esse deo ipsi, si quis inenarrabilem
ejus sospitandi ponderaverit voluntatem. Hic enim dei sensus
inenarrabiliter benigni, conceptus ille quidem e communione
cum Christo inita, in animi Paulini recessibus intimis et penetralibus est quasi spiritus, quem ducit totus iste locus
argumentationisque ipsius est nervus. —

Atque hīc subsistere potuisset Paulus. Argumentationis tela est pertexta. Universa mundi historia est revocata ad cardines suos. Explosum
est tempus infortunatum Adamiticum prae feliciori Christiano. Sed Iudaeo
praesertim aliquando et Judaeis manet profecto *quaestio* haec, quonam historiae loco, si quos ostenderit historiae sint cardines, Paulo judice lex Mosaica
vel *νόμος* inserendus esse videatur? (et vero etiam secundum ea, quae
supra diximus: *lex* juxta *gratiam omnino?*) Ad hanc jam quaestionem

> c) respondet P. V. 20. 21., respondet autem quasi in transitu.
> Redit eo ex alio loco, e loco severitatis et sinceritatis chris
> tianae etiam moralis, c. 6. demum usque ad c. 8., ne explosa
> legis impotentis *natura*, legem ipsam et sacrosanctam ejus
> dignitatem explosisse videatur. Post ea vero, quae jam
> supra per totam epistulam ad Romanos hucusque scriptam
> de legis quoque imbecillitate exposuerat, operae non amplius
> pretium fuit, interius hic et prolixius animum defigere in
> hac quaestione. Ponderatio enim Adami et Christi, quae tertium
> quidquam juxta eos ne admisit quidem amplius, hoc jam
> effecerat, ut principium certe quidem lex non posset esse.
> Veloci igitur quasi pede praetercurrit P. rem dimidii versūs
> membro pusillo (V. 20.), et falsi sunt, qui aut (ut Theod.
> Schott) in properantibus his verbis totius loci quasi scopum
> sibi deprehendisse videntur, aut Paulum ad V. 13. et ipsum
> in praetereundo tantum et mente longe alia ibi additum, ali
> quo modo faciunt respicientem (cf. etiam Meyerum), aut

etiam disputantem eum fingunt adversus adversarios nescio hic quos (Grot.). Immo P. ipse sentit, ne sibimet ipsi quidem rem plane fore confectam, nisi verbo certe commonstrasset, quid deo rectore jam sibi vellet lex. Arctissime igitur per $\delta\dot{\varepsilon}$ metabaticum annectitur V. 20. versibus 18. et 19., et a vero discordat prorsus, si quis *ut vulgo*, versus 20. et 21. *quartam* dixerit totius loci partem primariam. E contrario, quam festinantissime (jam V. 20[b.]) hac re derelicta, revertitur sermo ad rem, quae parte *tertia* est proposita: ad gratiam prae peccato et morte gloriandam ejusque laudem *consummandam* — quod, si verum quaerimus, versuum 20. et 21. argumentum tantum non est *solum*. Magnificatur istic quoque gratiae ac vitae splendor prae poenae ac mortis maerore.

Atvero ex arcto isto cum V. 18. et 19. connexu consequitur necessario, ut V. 20. verbum $\pi\alpha\rho\varepsilon\iota\varsigma\tilde{\eta}\lambda\vartheta\varepsilon$ *non* sit *neque* „subintravit" (Vulg.) vel „*clam* ingressa est" lex — quod etsi secundum linguae usum inesse posset in voce $\tau o\tilde{v}\ \pi\alpha\rho\varepsilon\iota\varsigma\varepsilon\lambda\vartheta\varepsilon\tilde{\iota}\nu$, tamen nec cum historia legislationis convenit et ab hoc loco abhorret, — *neque* (ut plerique ferme volunt — Rothe, Reiche, Thol., Rück. Phil. cf. Dietzsch) per se et proxime: „tamquam institutum secundarium ac paene vile" lata est lex — quod majore sententiae et verbi cautione adhibita, ne verum quidem esse reperietur nec unquam a Paulo concessum, nedum affirmatum, — nec vero etiam $\pi\alpha\rho\dot{\alpha}$ l. e. juxta $\dot{\alpha}\mu\alpha\rho\tau\iota\alpha\nu$, quae in mundum jam ante legem venerat ($\varepsilon\iota\varsigma\tilde{\eta}\lambda\vartheta\varepsilon$ V. 12. — ita v. Hengel, Meyerus alii). Ne hoc quidem concedendum est. Repugnat enim re penitius excussā (cf. Rom. 7, 7 sq.) toti doctrinae Paulinae. E qua etiamsi — id quod sponte intellegitur — lex Mosaica de qua proxime est sermo, profecto *post* Adami obtinuit peccatum, tamen tantum abest, ut lex vel $\nu\acute{o}\mu o\varsigma$ universe dictus venerit demum *post* $\dot{\alpha}\mu\alpha\rho\tau\iota\alpha\nu$, ergo $\nu\acute{o}\mu o\varsigma$ *accedere* ($\pi\alpha\rho\varepsilon\iota\varsigma\dot{\varepsilon}\rho\chi\varepsilon\sigma\vartheta\alpha\iota$) possit ad $\dot{\alpha}\mu\acute{\alpha}\rho\tau\omega\mu\alpha$, ut *re inversa* peccatum Adami actuale, de quo hīc agitur, aut peccata posterorum, *post* legem demum possint cogitari, quippe quae excitet demum et provocet $\tau\grave{\eta}\nu\ \dot{\alpha}\mu\alpha\rho\tau\iota\alpha\nu\ sine$ lege $\nu\varepsilon\kappa\rho\acute{\alpha}\nu$ (Rom. 7, 8 sq.). Nec Adamus quidem in paradiso peccavit nisi lege (dei) *praecedente*. Sed hanc rem amplioris indigationis hic attigisse satis erit. Gravissimum est et rem per se jam conficit: repugnat istud „$\pi\alpha\rho\grave{\alpha}$ h. e. juxta $\dot{\alpha}\mu\alpha\rho\tau\iota\alpha\nu$" particulae $\delta\dot{\varepsilon}$ post $\nu\acute{o}\mu o\nu$ vocem V. 20. in., quae $\nu\acute{o}\mu o\nu\ opponit\ eis$, qui venerunt ante vel praeter legem ac de quibus ut de personis primariis sermo fuit V. 19.: i. e. opponit *Adamo* et *Christo!* „*Juxta hos*“, de quibus omnino sermo fuit institutus loco toto, intravit lex, παρεισῆλϑε νόμος²⁹). *Παρὰ* autem quin significet „juxta“, nemini cuiquam poterit dubium accidere. Sed vero *necesse* est, id hīc significet propter orationem quam ostendimus contextam. Quemadmodum enim Gal. 3, 19. lex dicitur, τῶν παραβάσεων χάριν (in *emolumentum* peccatorum) προςετέϑη — nempe non „ad *peccatum*“, sed (ut V. 18. clarissime docet) ad ἐπαγγελίαν³⁰), — ita nuncupatur huic sententiae plane convenienter *hic*: „*juxta* Adamum et Christum“ introivisse legem in mundum: quippe historice juxta *Adamum*, *idealiter* vero juxta Christum, qui latebat ratione Messiana ut usquequaque ita inde a primis Adami temporibus in suo τύπῳ, et *ea* mente „juxta“ *utrumque* virum „cardinalem“ ingressa est lex. Omnino autem errant, qui ut vulgo, istud παρεισῆλϑεν ullam hic habere arbitrentur vim majorem. Orationis progressus et anticus et posticus ostendit dilucidissime, vim inesse in enuntiato finali: ἵνα πλεονάσῃ τὸ παράπτωμα. Haec enim sola sententia et continuatur et illustratur V. 20ᵇ· et 21.: οὗ δὲ ἐπλείνασε etc. quibus quid P. sibi velit, supra jam enarravimus. Quo plus inopiae, eo plus, ait Paulus, auxilii; et quo interius salutis desiderium, eo propinquior sospitator eoque potentior!

Persentiscimus autem e verbis ὑπερεπερίσσευσε ἡ χάρις (V. 20.) et εἰς ζωὴν αἰώνιον (V. 21.), quae quasi scutum objiciuntur morti isti physicae ac vili (τῷ ϑανάτῳ), exsultare jam Pauli animum et triumphare, quod lege quoque οἰκονομίᾳ τοῦ ϑεοῦ insertā, plenam jam sibi videtur magnificentiam salutis per Christum nunc demum nactae protraxisse in lucem. Nec istic quidem forte fortuna est factum, quod V. 21. tota non tam comparatio quam ponderatio loci desinit in verba haec: διὰ Ἰησοῦ Χριστοῦ τοῦ Κυρίου ἡμῶν! Enimvero istud ἡμῶν, i. e. „dominus jam *noster*, nec vero eorum, qui fuerunt *ante* nos et communionis Christi sunt expertes“, plenissime redolet particulam illam νῦν V. 11., quam supra ostendimus dominari per totum locum, quaeque redit ad contrapositum temporis Adamitici *olim*, Christiani *nunc*, et ad triumphum certitudinis, a qua exorsus fuit (V. 11.) Paulus verbis: ὅτι νῦν ἐλάβομεν τὴν κατταλαγήν! — Vis *non* inest, ut Dietzsch p. 214. vult, in διὰ Ἰησοῦ Χριστοῦ, sed in voce vere ultima: ἡμῶν!

---

29) Profecto non „*intra* Adamum et Christum“ *ut post Theod. et Calv.* B. Crus. Usteri Ew. rursus volunt, quodque recte negat Meyerus, usu linguae in verbo παρεισέρχεσϑαι magis admitti, quam interpretationem „dagegen kommen“, quam probat Mehring.

30) Accuratius de hoc loco locatus cum in scriptione: „Fricke, das exegetische Problem Gal. 3, 20. auf Grund von Gal. 3, 15—25 geprüft“, Leipzig, Alex. Edelmann 1880, imprimis p. 31 sq.

Haec habuimus, quae intra spatii concessi angustias diceremus de loco, quo nullus est gravior. Reduces sumus facti per Paulum ipsum ad V. 11. extr. ibique ad notionem particulae νῦν salutarem, unde natum esse totum locum et diximus p. 5 et dicimus. Satisfecisse fortasse pro nostra parte aliquo modo videri nobis possemus opportunitati oblatae, nisi probe sentiremus, etiam admissa, quam prodidimus, interpretatione, difficultatem manere in voce δικαιώματος, totius loci facile principe. Qua voce in locis ferme primariis *bis* hīc P. utitur, (V. 16. et 18.), et quidem uti videtur, mente plane diversa. Quum Hofm., qui voci hīc indit mentem *ethicam* i. e. recte facti *eorum*, qui per Christum sunt reconciliati, iterum ac praefracte insistat huic ipsi notioni, sententiae autem interpretum vel optimorum nostra quoque memoria fluctuare reperiantur maximopere, adeoque res tanti fere sit momenti quantae difficultatis, facere non possumus, quin paulo accuratius rei etiamnunc immoremur, atque ita definiunda notione loci longe gravissima, quasi totum conemur comprehendere in unum. Enimvero res et per se et hodie est haec, ut paucis profligari omnino nequeat.

Ac primum quidem non debebat Meyerus (cf. Fritzsche, Philippi) contra Hofm. Schriftbeweis II. p. 133 et nunc: „Die heil. Schrift N. T.'s III. p. 202 sq. (cf. Dietzsch p. 145 sq.) universe negare, vocem δικαίωματος in script. s. significationem habere „recte *acti*" i. e. ejus, quod statuto divino (δικαιώματι et ipsi) convenienter *gestum* sit. LXX quidem vertunt per δικαίωμα מִשְׁפַּת־יְהוָה sancitum vel constitutum dei Dt. 30, 16, פִּקּוּדִים Ps. 119, 93., חֹק et חֻקָּה Ex. 15, 25. 26. Lev. 25, 18. Dt. 4, 1. 6, 2. 7, 12. et צְדָקָה 2 Sam. 19, 29.[31]). Atque eandem significationem „statuti, sanciti" habet δικαίωμα in N. T. Luc. 1, 6. (juxta ἐντολάς) Hebr. 9, 1. 10. et vero etiam Rom. 1, 32., ubi P. ipse vocem interpretatur per enunciatum quod insequitur cum ὅτι; 2, 26. (τὰ δικαιώματα τοῦ νόμου φυλάσσειν), item 8, 4. (τὸ δικαίωμα τοῦ νόμου πληροῦν). Ideo Suidas: δικαιώματα,

---

31) Ubi autem δικαίωμα „jus" est, non „justitia" aut „innocentia", ut recte ad loc. Thenius cum De Wettio contra Clericum monet, nec „das Rechte als verwirklichter Thatbestand", ut Hofm. vult, qui falso affert etiam Jer. 11, 20., ubi τὸ δικαίωμα μου (רִיבִי) est: „jus vel statutum meum, quod est in dimicatione", cf. Jer. 20. 12. et Prov. 8, 20., ubi e parallelismo, quem dicunt, solis luce est clarius, נְתִיבוֹת מִשְׁפָּט τρίβους δικαιώματος, et אֹרַח צְדָקָה ὁδοὺς δικαιοσύνης, declarare idem: h. e. nec צְדָקָה (cf. Joel. 3, 23. Neh. 2, 20.) nec δικαίωμα istic significare „justitiam", „das Rechte als verwirklichten Thatbestand", sed justum, statutum, decretum dei vel legis.

νόμος, ἐντολαί, κρίματα, — qui vero nonnulla habet alia, quae a script. s. prorsus aliena sunt.

Sed denotat etiam id, quod δικαιώματι, statuto sive decreto dei legive consentaneum sit, i. e. „recte factum, *opera* cum dei voluntate convenientia". Sic sine ulla retractatione Apoc. 15, 4., ubi verba: δικαιώματά σου ἐφανερώθησαν explicantur a viro apocalyptico ipso V. 3. verbis his: δίκαιαι καὶ ἀληθιναὶ αἱ ὁδοί σου, ὁ βασιλεὺς τῶν ἐθνῶν, et verbis, quae V. 4. ipso illis praegrediuntur: Τίς οὐ μὴ φοβηθῇ, Κύριε, καὶ δοξάσῃ τὸ ὄνομά σου; ὅτι μόνος ὅσιος· ὅτι πάντα τὰ ἔθνη ἥξουσι καὶ προςκυνήσουσιν ἐνώπιόν σου. Quae verba jam sequuntur ea, quae supra attulimus. Ergo sunt δικαιώματα profecto hīc: „statuta vel decreta dei rectoris", quatenus *perpetrata* itaque in lucem historiae ac vitae sunt protracta. Quid plura? Sunt sane „acta vel opera", sed quatenus *a deo* convenienter ejus voluntati vel justitiae confecta sunt, *non vero ab homine!* Quum toti scripturae sacrae deus non sit nisi *vivus:* deus et habet et est et dat *et vero etiam agit* δικαιώματα sua. Sunt acta dei, quibus ejus voluntati et statuto *per deum ipsum* satisfactum est teste historiā gentium divinitus rectā. Atque hinc omnino appellatio „δικαιώματα" repetita est, sunt profecto: „Die *thatsächlichen* (weltgeschichtlichen) Rechtsentscheidungen et quasi" „die Rechtsbewährungen Gottes". Nec igitur δικαιώματα ista ethice sunt intellegenda, i. e. non sic, ut *homo* sit is, qui ea utcunque per deum, vel deo adjuvante perficiat, nec sunt δικαιώματα ejusmodi acta hominum quibus efficitur: „dass sie (die *Gläubigen* nun) das *seien, was sie* sein sollten, nämlich Gerechte" (Hofm.)! Scilicet nusquam sunt acta hominis, sed *dei* sunt acta, quibus *statuta* sua (δικαιώματα) facit *rata* et perpetrat. Hoc etiam contra *Cremer* l. c. p. 158., qui a vero abest quidem propius, sed ne ipse quidem satis accurate notionem definit sic: „die That, durch welche *Jemand* (?) als gerecht dargestellt wird, oder sich dargestellt hat". Nam ne is quidem N. T. locus, qui post allatos solus est reliquus, quique quum notionis „actorum justorum *generatim* dictorum" summam sane prae se ferat speciem, Düsterdieckio quoque (ad loc. Apoc.) fecit fucum: Apoc. 19, 8., re consideratius perpensa, ullo modo huc referri potest. Verba sunt haec: Καὶ ἐδόθη αὐτῇ (τῇ γυναικὶ τοῦ γάμου i. e. ecclesiae christianae), ἵνα περιβάληται βύσσινον καθαρὸν καὶ λαμπρόν. τὸ γὰρ βύσσινον τὰ δικαιώματά ἐστι τῶν ἁγίων. Quaenam esse dixerimus haec „δικαιώματα"? An „recte acta" eorum qui fidem habuerunt ipsorum? Id quod ajunt Hofm., Düsterd., Cremer, Dietzsch, Holsten, alii? Fortasse ita, ut conferri queat Apoc. 14, 4., quo loco ipso quoque bene est distinguendum inter παρθένους, αἳ οὐκ ἐμολύνθησαν (ethice profecto dictas) et inter eos, οἳ ἠγοράσθησαν ἀπὸ τῶν ἀνθρώπων, ἀπαρχὴ τῷ θεῷ καὶ τῷ ἀρνίῳ (justificatione *forensi*)? Atenim vero nusquam ne in apocalypsi quidem actiones hominum proprio Marte patratae nuncupantur δικαιώματα, sed ἔργα vel κόποι! Quodsi revera, viro apocalyptico auctore, opera ista propria essent τὰ δικαιώματα et τὸ βύσσινον καθαρὸν καὶ λαμπρόν, *quo justi sunt coram deo:* quid quaeso esset reliquum operi Christi salutari ejusque justitiae vicariae? Nihil omnino! Atvero pugnat haec interpretatio cum apocalypsi ipsa, sive verba excusseris sive mentem. Christus enim ipse Apoc. 19, 13. cf. V. 16. est: περιβεβλημένος ἱμάτιον βεβαμμένον αἵματι i. e. morte sua reconciliante, et *eadem* mente V. 14. τὰ στρατεύματα, quae sequuntur ipsum, sunt ἐνδεδυμένοι βύσσινον λευκὸν (καὶ) καθαρόν, i. e. *Christi* morte ac liberatione (cf. *contrarium* βύσσινον 18, 16.). Ergo τὸ βύσσινον (i. e. τὰ δικαιώματα) *non* sunt propria opera, sed Christi meritum, a *deo* quasi interpositum, etsi eo, id quod mox viderimus, notio haudquaquam jam exhausta est. Quin sunt ista „δικαιώματα‟ et istud „βύσσινον‟, quatenus jam demissa sunt de coelo et quasi intexta hominum animis ac vitae, illae ipsae στολαὶ αἱ λευκαί, quas induti (Apoc. 7, 9. 13.) adstant triumphantes dei solio, quasque ἔπλυναν ἐν τῷ αἵματι τοῦ ἀρνίου, *ut* essent, quod dicerentur: „καθαραὶ καὶ λαμπραί‟! Sedenim οὐκ ἔπλυναν ἐν αὐτῶν δικαιώμασι i. e. (ex interpretatione, quam impugnamus): in eis, quae ipsi „recte egerint‟! Videlicet ex apocalypsis Joanneae quoque doctrina, quae permeat totum librum, purificamur a peccatis nostris non nostromet ipsorum, sed Christi pro nobis mortui merito, atque *ideo* et eatenus tantummodo sumus καθαροὶ vel ἄμωμοι (Apoc. 14, 5.). Δικαιώματα igitur non possunt esse: „recte acta a *nobis*‟.

Huc accedit, quod propter expositionis apocalypticae quasi concatenationem, de causis jam solis hermeneuticis quas dicunt, fieri prorsus nequit, quin τὰ δικαιώματα τῶν ἁγίων istic (Apoc. 19, 8.) reapse non sint eadem quae Apoc. 15, 4. τὰ δικαιώματά σου (i. e. *dei*). Istic autem non sunt — id quod ostendimus supra — nec „bona (hominum) opera, quae e gratia oriunda sunt‟ (ita Hofm. alii), nec „die göttl. Rechtfertigungs*sprüche,* welche die Heiligen empfangen haben‟, ergo „justificatio forensis‟ (ita Meyerus ad Rom. 5, 16. etiam ed. 5. 1872. cf. Frit., Phil. ad loc.), nec vero etiam Rom. 5, 16. „Rechtfertigungsmittel‟ (Rückert) nec

„Rechtfertigungsthat" (Thol.) — nam recte negat etiam Hofm. l. c. p. 202 vocem δικαιώματος vel usquam in script. sacra ullam harum significationum habere. Sunt potius „justa *dei acta*" (et Apoc. 15, 4. et 19, 8.), quibus et in morte Christi reconciliante adeoque per resurrectionem victrice, et vero etiam *in eis omnibus*, quae deo gubernante inde originem ceperunt et quasi quaedam mortis hujus Christi victricis sunt continuatio (unde *pluralis* τὰ δικαιώματα, vi in apocalypsi paene dramaticā), manifestat *deus* justitiam suam eamque quasi intexit *suametipsius actione* in vitam hominum atque in historiam.

Atque eadem est verbi mens etiam Baruch 2, 17., ad quem locum frustra ac mire tam Meyerus quam Hofm. provocant ad contrariam utriusque interpretationem stabiliendam. Οἱ τεϑνηκότες, inquit Baruch, — οὐ δώσουσι δόξαν καὶ δικαίωμα τῷ κυρίῳ i. e. (secundum ea, quae hucusque diximus): „mortui non dabunt gloriam (quae deum secundum id, quod est, decet), nec δικαίωμα h. e. quod justum est deo, quod ei convenit secundum id, quod *agit*, quae quasi meruit δικαιώμασι, „actionibus *suis* sanctis". Redit igitur hīc vox δικαιώματος fere ad mentem „justi statuti, sanciti", a qua exorsi fuimus, nisi quod simul inest notio *actionis* vel acti *dei* justi.

Quae quum ita sint, in litteris sanctis vox δικαιώματος duas tantummodo habet significationes[32]). In litteris sanctis et V. et N. Testamenti quod videamus nihil significat δικαίωμα nisi *aut* dei vel legis *mandatum, aut* dei *actum* justitiam ejus manifestans. Pari modo atque evenit in multis vocibus aliis, vox δικαιώματος sacra vox vel dei tantum est facta pro linguae sacrae indole pia.

Jam utram censebimus valere hīc: Rom. 5, 16. et 18.? An altera loco altero? Atvero haec est utriusque loci affinitas et loci et mentis, ut perquam sit verisimile, utroque loco eandem valere δικαιώματος mentem (contra De Wettium, Roth., Philipp., Thol., Usteri Paul. Lehrbegr. p. 257, plerosque). Sed ut ita sit: res magnis circumventa est difficultatibus. Uterque enim locus, in se ponderatus, propter notiones utrobique notioni δικαιώματος *oppositas* eoque eam definientes, contrariam paene

---

32) Nam quod Aristot. eth. Nicom. 5, 7. 7. (ed Cardwell I. p. 146) τὸ δίκαιωμα (distinctum illud quidem a voce δικαιοπραγήματος i. e. „justi facti" generatim dicta) interpretatur: ἐπανόρϑωμα τοῦ ἀδικήματος „restitutionem juris fracti" („Rechtsausgleichung" — ita hīc Calov., Rothe, Mehring, alii) hoc plane distat ab usu scripturae sacrae. Nec facit ad eam illustrandam, quod idem Artist. Rhet. 1, 13. (ed. Spengel I. p. 44.) bis τὰ ἀδικήματα καὶ τὰ δικαιώματα sibi opponit.

nobis sententiam videtur obtrudere. Etenim V. 16. κατάκριμα est oppositum i. e. „judicium vel edictum (dei) damnans,“ unde efficeretur, ut δικαίωμα esset: judicium vel edictum, quo quis justus (a deo) *declaratur*! Quod nunquam significat δικαιώματος, et in absurdam hanc abduceret sententiam, a Paulo alienissimam: ne Christum quidem revera vel ethice fuisse justum, sed pariter atque nos secundum justitiam forensem tantum „declaratum“ esse pro justo! Quid igitur fecerimus, praesertim quum altero hujus ejusdem loci loco Versu 18. in contrarium trahi videamur? Nam ibi e regione vocis δικαιώμα, est collocatum παράπτωμα, i. e. peccatum (Adami) *actuale.* Unde consequens videtur esse, ut hīc δικαίωμα sit: justitia (Christi) ethica vel propria, obedientia ejus quam dicimus activa et passiva, vel certe alterutra. (Ita etiam Stölting, Beiträge Gött. 1869. p. 3 sq.)

At ostendisse nobis videmur, nec hanc quidem notionem in litteris certe sanctis inesse voci! Meyerus quidem δικαίωμα cum Ew. v. Heng. Umbr. aliis, utroque loco intellegit: „Gerecht*erklärung*“, mente Paulina verbi τοῦ δικαιοῦν, ergo de justificatione forensi (?) etiam in Christo (!), quumque virum acutum haudquaquam fugerit, hanc mentem neutiquam respondere alteri Versus 18. membro παραπτώματος i. e. peccati non *declarati* sed *veri*, oppositionem, quae inde oriunda est, „obliquam“ excusare conatur eo, quod V. 15. quoque παράπτωμα et χάρισμα per oppositionem „obliquam“ juxta se posita esse videantur. Quod non prorsus ita sese habere, et ostendimus et mox denuo emerget. Hofm. autem et multi alii utroque loco intellegunt: „juste actum et statum inde consequentem“, „den Thatbestand des Gerecht*seins*,“ (idque hominum). At ne ipse quidem Hofm. potest non concedere (l. c. p. 203.), ita εἰς κατάκριμα et εἰς δικαίωμα V. 16. secum *non* convenire.

Sed ne est quidem haec difficultas maxima. Fortasse (quamvis vehementer dubitaverim) P. hic in usu vocis δικαιώματος sibi non constat, aut etiam rem vel alterutro loco vel neutro, sive logice sive rhetorice, non satis accurate enucleavit aut expolivit. Tanta enim est apud Paulum cogitandi loquendique subtilitas et considerantia, quantum flumen et libertas, et inepti esset hominis aut Paulum ignorantis negare, posse utique Paulum, qui et cogitati et sermonis Paulini sit fervor, aliquoties incidere in ejusmodi sive sententiae sive orationis quam dicunt inconcinnitatem. Potest vero, quamquam paene in nemine quoquam tanta quanta in Paulo adhibenda est cautio, ne justo velocius et inconsiderate ejusmodi sis inconsiderantiam tribuamus Paulo, praesertim in rebus tam gravibus et dialectice tam scite dispositis et in notionibus tam altae radicis dogmaticae.

Sed hic non est rei cardo. Gravissimum est hoc, quod *utraque* vocis δικαιώματος quam ponunt mens ut a verbis Paulinis ita ab usu litterarum divinarum abhorret prorsus.

Nova igitur investiganda est via.

Κατάκριμα V. 16. respicit sine dubio ad solum Adamum (nam reliquis, quamvis peccatoribus, οὐκ ἐλλογεῖται V. 13.!) et ad comminationem mortis (Gen. 2, 17.) *non tantum verbis declaratam, sed re illatam* (Gen. 3, 19.). Ne in Pauli quidem verbis Rom. 8, 1.: Οὐδὲν ἄρα νῦν κατάκριμα τοῖς ἐν Χριστῷ Ἰησοῦ, vox κατακρίματος duntaxat est „sententia" vel „*dictum*" damnans, sed simul *ipsa poenae impositio*, id quod explicatissime emergit ex V. 3—4: τὸ ἀδύνατον τοῦ νόμου — ὁ θεὸς — κατέκρινε τὴν ἁμαρτίαν ἐν τῇ σαρκί, ἵνα τὸ δικαίωμα τοῦ νόμου πληρωθῇ ἐν ἡμῖν τοῖς μὴ κατὰ σάρκα περιπατοῦσι. Quis est, quem fugerit, damnationem istam peccati (κατάκριμα ἁμαρτίας) haudquaquam confici solis verbis, sed simul re contineri et superatione quasi quadam ethica, tametsi (quod hīc nihil ad rem), haec victoria vitae (internae) ipsius de peccato, utique ne in regeneratis quidem ullo vitae momento plene erit perfecta. Increscit enim per vitam. Quodsi inest in voce „κατάκριμα" non tantum dictum sed *actum*, dubitari non potest, quin idem insit in contrario: h. e. hīc in voce „δικαίωμα". Videlicet non tantum est „sententia justitiam *declarans verbis*" — quod omnino nusquam est, — sed est „*juste dei actum*", ut illic in Adamo, quod eum condemnavit et punivit (occidendo, ergo κατακρίματι), ita istic in Christo, — nec vero proxime in hominibus quoque. *Agnovit* enim deus vitae Christi sanctimoniam eumque eduxit ex morte ad vitae victoriam: quae *dei actio*, e regione κατακρίματος, quippe ipsius quoque actionis collocata, vocatur hīc: „δικαίωμα", idque eadem prorsus mente, qua legimus hoc verbum in apocalypsi, apud Baruchum, et vero etiam paulo ante (Rom. 8, 3.) apud Paulum ipsum. Est igitur: τὸ χάρισμα ἐκ πολλῶν παραπτωμάτων εἰς δικαίωμα edisserendum ita: „actum gratiae (divinae) e multorum peccatis (ab Adamo usque ad Christum, abiit) in *justificationem*, i. e. judicium *et* verbis expressum *et re perpetratum* — quippe „re" factum tunc, quum deus e morte Christum exsuscitavit et *per* eum omnes, qui ipsi fidem adjunxerint, *ut* κατάκριμα proxime solius Adami ad omnes, qui ipsorum peccatis actualibus cum illo fuerunt conglutinati (πάντες δὲ ἥμαρτον), *reapse* i. e. moriundo, non tantum verbis collatum est. Ita voces *καταχρίματος* et *δικαιώματος* et linguae usui sacrae plene respondent et sibimet ipsis invicem, et eam praebent mentem, quam expostulat oratio contexta.

Atvero idem .V. 18.? ubi non *καταχρίματος*, sed *παραπτώματος* vox opposita est? — Est quidem extra omnem positum dubitationem, *παράπτωμα* quin *hominis* cujusdam peccatum sit actuale, et istic quidem *unius* (nam *ἑνός* masc. est generis) Adami. Quod *non* est *δικαίωμα*! Nam qui vocis usus est sacer, non est ne istic quidem *Christi* actum aut probatio, sed *dei*, quamvis etiam *ἑνός* ante *δικαιώματος* (*δι' ἑνὸς δικαιώματος*) et e regione verborum *εἰς πάντας ἀνθρώπους*, ad *Christum* pertineat necesse sit, et masc. sit generis, ut e V. 15. 16. 17. et 19. luculenter emergit[33]).

Sed cavendum, ne nodum in scirpo quaeramus et ipsi. Nihilominus enim utraque vox penitus et scitissime secum conveniunt. Nam *παράπτωμα* est *hominis*, quae ejus natura est. Est enim libertatis, nec cadit in deum sanctum. *Δικαίωμα* vero non est cujusquam nisi *dei*: nam deus solus est, qui justum declaret et justum *faciat*, etiam, ut in Christo, *agendo*, quod eum omnium antesignanum et quasi janitorem (*ἀρχηγὸν*), primum et pro omnibus salvandis expergefecit ex morte, eoque reapse (non tantum „declarando") *constituit* justum, et quidem — quod sponte intellegitur — mente *ethica*, non forensi. Verumenimvero haec Christi quoque *realis*, ut ita dicam, justificatio vel *δικαίωμα*, ut *παράπτωμα reale* fuit peccatum (non tantum principium vel potentia), actus est *dei*. Per totam enim scripturam sacram Christus ipse vitam suam refert ad patris vitam (Joh. 5, 26.). Nimirum continuo (precando et agendo) *inde* haurit vitam suam, etiam ac praesertim vitam resurrectionis (ne Joh. 10, 18. quidem, ubi recte fuerit explicatum, excepto), et vero etiam mortem, quam victoriose mortuus est, obiit et evicit filius ex *patre,* cui quamvis „*ὁμοούσιος*", tamen, quatenus quod est quod moritur quod vivit, *ex* patre solo est, moritur, vivit, simul secundum totam scripturam *subordinatus* est. Quid? quod *ὁμοούσιος* est tantum, *quia* deo patri, omnium principio uni, est subordinatus. Nimirum *παράπτωμα* est hominis et *δικαίωμα* dei, atque ita tantum *possunt* e regioni sibi collocari. Nihilominus vero genitivi *ἑνὸς* V. 18. ut dispositio omni ex parte congrua consummetur, ejusdem sunt potentiae. Uterque genitivus est quem vocant subjectivus: *δι' ἑνὸς δικαιώματος* (ut barbare loquar) „per unius justificatum", i. e. eo, quod

---

33) Quod articulus deest, non magis ad rem, quam V. 16. (contra Meyerum).

unus (Christus) justificatus est re et actu (sc. a deo), — nisi quod
causa quam diximus interna, gen. *ἑνὸς* ante *παράπτωμα* plenam (qui
libere) agentis habet notionem, *ἑνὸς* autem ante *δικαιώματος* vocem
signet eum, *per* quem et *in quo* a deo *δικαίωμα* vel *actio et effectus* v
reapse justae constitutus sit. Est alius tenor quidem utriusque geni
sed eadem mens, idque pro subjecti quod dicunt diversitate. Qua eac
de causa etiam V. 15., ubi nulla est oppositio „obliqua“, *παράπτω*
(quippe hominis) et *χάρισμα* (quippe dei) sibi opponuntur, pro qua v
χαρίσματος, simul ad Christum relata, etiam *δικαίωμα* dici potuis
Usurpavit Paulus *χάρισμα* (e regione *παραπτώματος*), quod e *dei* p;
pluris refert, *qui* agat et qua mente a quoque fonte hauriatur id, qt
agatur; ab hominis vero, *quid* agat et agendo perpetret. *Δικαίωμα* ips
autem vel justificatio Christi per deum *realis* (ethica, metaphysica, hi:
rica) probe distinguitur a Paulo et extemplo a justificatione (tantum
rensi vel declaratoria) hominis verbis additis his: *εἰς δικαίωσιν ζ*
V. 18. extr., i. e. ut 4, 25.: justificatio forensis e loco *actus* divini dicta,
δικαιοσύνη V. 21. e loco *effectus*, qua justi *declarati* (non ut Christus pr
ter ipsam ipsius virtutem, sed propter Christi meritum), vitae aeter:
sumus consortes facti *δι' ἑνὸς δικαιώματος*, i. e. per justificationem dei, te
historia salutari ipsa, collatam illam quidem hac nostra memoria in unt
Jesum Christum, totius generis humani compendium alterum, Adami pric
redintegratorem eoque longe præestantiorem atque certiorem, consumma
denique salutis fontem *nunc demum* reclusum omnibus. Atque haec just
catio, et judicio et coram omnium oculis *re* patrata a deo in Chr
vita ac morte, *τὸ „δικαίωμα“* est, in quod abiit V. 16. *τὸ χάρισμα ἐκ π*
λῶν παραπτωμάτων, et *per* quod (V. 18.) salus Christiana aeternas st
traxit radices.

Hujus autem *δικαιώματος* atque hujus *δικαιώσεως ζωῆς* ejusq
αἰωνίου (V. 21.) *praestantia* ac *certitudo*, nunc ipsum in Jesu Christo o
nibus, qui vellent fidem habere, communicata tandem, ut Adami exem]
prioris, omnibus aliquando mortiferi, in luce collocetur quanta fieri pos
illustrissima, hoc nec quidquam aliud totius loci magnifici *finis est summ*

Lipsiae typis exscripsit G. Kreysing.